Le parc des cabanes

Sébastien Houde

Le parc des cabanes

Éditions Contre vents et Marées, 2016

À Mélina, Hugo et Antoine

1

À la recherche d'un chez-soi

Le printemps allait arriver dans quelques semaines après un hiver plutôt froid. J'aime secrètement l'hiver, mais comme j'ai toujours eu l'habitude d'attraper un rhume au début de cette saison et un autre à la fin, ce virus m'empêchait d'apprécier toutes les vertus de ce moment dans l'année où la beauté est si subtile que même les esprits les plus raffinés peuvent la manquer. Quel dommage! Je dois malgré tout dire que cette saison comporte son lot de rudesse et qu'il n'y a rien d'anormal à espérer le printemps.

Pour ma part, j'avais une raison de plus de fêter l'arrivée de l'équinoxe printanier : j'allais quitter le nid familial pour aménager avec ma douce. Il ne restait plus qu'à trouver un appartement.

Le premier que je visitai à l'époque possédait un énorme salon, mais une toute petite cuisine. C'était mon impression, pas plus compliqué que cela. Je ne savais pas ce qui était important de regarder. Un grand salon, c'est bien ou pas? Je suppose que oui si la cuisine ne s'en trouve pas trop réduite.

Le deuxième appartement, c'était bien, même très bien. Pile dans le quartier où nous voulions habiter. Le propriétaire nous dit qu'il nous met sur la liste d'attente, un des inconvénients d'un taux d'inoccupation peu élevé. De plus, s'il nous choisit pour être les heureux locataires, alors pas de chat ni de chien ni de fête. Ah oui, dodo à dix heures. J'étais finalement content de me retrouver sur sa liste d'attente. Il ne faut pas rêver, début vingtaine, c'est la fête!

Nous en avons visité plusieurs autres par la suite avant de trouver le bon. Parmi eux, il y en avait un qui était hanté. Il y avait quelqu'un ou bien quelque chose qui habitait les lieux, c'était clair. Peut-être que l'ancien occupant y était décédé et avait décidé, après sa mort, d'y rester. Je pouvais comprendre ce fantôme, car l'endroit aurait été vraiment agréable à habiter. Un vaste espace où toutes les pièces communiquaient entre elles. Une grande fenêtre au salon permettant à la lumière du soleil de fin d'après-midi de pénétrer à l'intérieur. Encore une fois, nous fûmes placés sur une liste d'attente. C'était tant mieux, car le fantôme pouvait bien être gentil, cela ne changeait rien au fait qu'il avait probablement le pouvoir de voir à travers les murs. Nous n'aurions plus eu aucune intimité. Négocier qu'il ne nous regarde pas au lit ou sur la toilette, qu'il nous avertisse de sa présence sans trop en mettre.

Il aurait fallu faire affaire avec un pseudo-spécialiste des phénomènes de l'étrange pour arranger tout cela. Nous nous serions peut-être fait arnaquer par ce plombier recyclé en chasseur de fantôme. Peut-être que l'endroit n'était même pas hanté et que les sifflements que nous avions entendus lors de notre visite et la chair de poule que nous avions ressentie étaient probablement causés par le vent qui se frayait un chemin jusqu'à l'intérieur. Les fenêtres ne faisaient plus leur boulot et l'endroit était mal isolé. Dans ce cas, les choses auraient pu être pires, certains propriétaires sont plus invisibles que les fantômes et les fenêtres n'auraient jamais été réparées. Bref, dans ce lieu, nous aurions mal dormi la nuit.

Dans l'appartement suivant que nous avons visité, il y avait une forte odeur d'urine. Même moi chez qui l'odorat était le sens le moins aiguisé, je ne pouvais m'empêcher de remarquer cette odeur infecte. La personne qui nous fit visiter nous informa de l'hyperactivité de la vessie du présent locataire ainsi que de sa mobilité réduite. Pour faire cela court, les chances qu'il se rende à temps à la toilette étaient plutôt minces. Le propriétaire nous débita sa salade. L'odeur allait disparaître à coup sûr. Impossible que les tapis, les murs, les craques de plancher ne la retiennent. En prime, un mois de loyer gratuit. Étrange, ici, aucune liste d'attente. Par politesse, je lui fis savoir que nous y penserions. C'était pourtant déjà fait, il est clair que nous n'allions pas y aménager.

Durant les jours suivants, il y eut plusieurs autres visites. Ce fut amusant. Pendant une de celles-ci, nous fûmes provoqués en duel par une aspirante locataire qui visitait les lieux en même temps que nous. Je n'avais pas d'épée ou de sabre à portée de main et je me voyais mal me battre pour un logement au sous-sol. Alors elle l'emporta facilement.

Comme cela arrive si souvent dans la vie, la chance nous sourit au moment où je m'en attendais le moins. Je recherchais un appartement sur le web depuis quelques heures déjà, lorsque soudain mon cerveau sortit de sa torpeur en voyant le nom de la personne à contacter en lien avec une annonce affichant un appartement à louer. Je connaissais ce nom, anglais, irlandais plutôt! Un ami d'un cousin éloigné, n'empêche que ce cousin éloigné était un ami rapproché à l'époque.

J'appelai aussitôt ce locateur. Lorsque je lui dis mon nom, il sut à l'instant qui j'étais. C'était de bon augure. Nous prîmes rendez-vous pour une visite des lieux. Je dois dire que j'étais très emballé. L'appartement était situé en plein cœur de la ville, à deux minutes à pied de tout.

Le lendemain matin, je pris l'escalier extérieur

qui allait jusqu'au deuxième étage. Je sonnai à la porte et il m'ouvrit avec un accueil chaleureux. Il semblait aussi content que je pouvais l'être. En tant que propriétaire, savoir à quel genre de locataire on a affaire, cela doit permettre de bien dormir la nuit. Nous montâmes un autre escalier, cette fois, à l'intérieur même du logement qui nous mena jusqu'au troisième et dernier étage de l'immeuble.

Il y avait énormément de bruit. Des gens installaient une nouvelle céramique dans la cuisine pendant que d'autres changeaient les portes brisées des armoires de la cuisine. On sablait le plancher du salon avec une machine dont je ne connaissais pas le nom, mais je suppose qu'il devait s'agir d'une sableuse, qui faisait un tel vacarme. Les murs étaient repeints et le miroir de la salle de bain remplacé.

L'homme qui sablait les planchers arrêta sa machine, le bruit devint beaucoup plus supportable. Il enleva le masque qu'il portait pour éviter que ses poumons ne s'encrassent de toute cette poussière et vint se présenter à nous. Il s'agissait de l'ancien propriétaire.

- Je ne fais pas tous ces travaux pour le plaisir, nous dit-il. La rénovation, contrairement à bien des gens à notre époque, n'a jamais été une activité ludique pour moi.

En fait, le dernier locataire avait saccagé les lieux avant de déguerpir. Il s'était enfui dans la nature et ne fut jamais revu par la suite.

Il décrivit l'ancien locataire comme un être assez étrange, théâtral, obsessif. C'était la première fois qu'il voyait un tel personnage dans sa vie et il espérait qu'il s'agissait de la dernière. Il avait même failli croire qu'il était un extraterrestre.

L'homme retourna à sa besogne et le vacarme reprit de plus belle. L'appartement me plaisait, mais je voulais que ma douce, absente ce jour-là, le voie elle aussi. Le logement allait nous être réservé pour une semaine, après quoi notre nom ne figurerait plus au sommet de la liste d'attente. Quand l'offre est beaucoup moins élevée que la demande, celui qui loue fait le doux. Je m'arrangeai donc pour respecter ce délai qu'on m'avait gracieusement offert dans ce contexte qui m'était défavorable.

Sept jours plus tard, ce ne fut qu'une formalité. Les lieux nous plaisaient et nous nous empressâmes de signer le bail. Ce serait chez nous quelques mois plus tard.

2

Le poète et son grille-pain

Il faisait si beau ce jour-là, une de ces journées où il m'aurait été impossible de dire que j'avais déjà vu mieux. Nous étions assis, ma douce et moi, sur l'herbe, tout simplement, pas très loin de la rivière qui était et est encore aujourd'hui la pièce maîtresse de ce parc. Sans elle, peut-être que ce parc n'aurait jamais été construit. Cet endroit n'aurait pas existé et toutes les choses qui en découlent non plus. Mais là, cette rivière, elle coulait bien et rien ne l'arrêterait comme le temps fuyant de ce chaud après-midi qui n'est plus qu'un doux souvenir aujourd'hui.

À travers la foule, je vis un homme qui se dirigeait vers nous. Il était assez loin, mais j'avais l'étrange impression que c'est nous qu'il venait voir. Il fit un grand signe de la main comme s'il saluait quelqu'un. Il était encore bien loin à ce moment, environ la grandeur de mon pouce, mais il ne faisait aucun doute que cet homme ferait éclater notre bulle et que nous serions dans l'obligation de converser avec cet étranger. Derrière nous, je vis un autre homme faire des signes comme si, lui aussi, saluait quelqu'un. À cet instant, je pris pour acquis que notre bulle resterait intacte. Je pense être d'une nature plutôt amicale, mais je n'ai jamais renié ma nature de primate. Quand je veux la paix, je veux la paix. Sauvage, vous direz peut-être, mais au moins, je sais ce que je veux. De toute façon, cette analyse était erronée, j'avais mis trop d'espoir dans le fait que ces deux hommes se saluaient peut-être mutuellement. Ce n'était pas le cas. En fait, je pense que l'homme derrière nous ne saluait personne, ou bien quelqu'un que lui seul voyait.

Je devais maintenant faire face à la réalité. Je dois dire que celle-ci a déjà été bien pire avec moi, alors j'éviterai ici de jouer la victime. Je comparerai cela à un réveil brutal et trop hâtif; cela déçoit sur le coup, mais on arrive quand même à se lever. L'homme était maintenant beaucoup plus grand que mon pouce, cette unité de mesure visuelle n'avait plus la moindre utilité. Sans même s'annoncer, il s'invita sur les mêmes brins d'herbe que nous et c'est là que commença l'histoire du poète et de son grille-pain.

Son approche initiale fut le silence, un de ceux qui sont beaucoup plus lourds que la plus futile des paroles. Après quelques minutes à nous regarder sans dire un seul mot, il se décida finalement à ouvrir la bouche. Il commença par un simple bonjour, mais avec toute l'étrangeté que pouvait avoir ce poète autoproclamé, oui car c'est la deuxième chose qu'il nous dit ensuite. J'étais déjà sur mes gardes. Le troubadour n'en voyait rien. Avec une attitude posée, mais les mains et les pieds prêts au combat si les choses devaient mal tourner, j'écoutai le monologue de notre visiteur inattendu. Des fois, il interrompait son discours et me regardait droit dans les yeux sans rien dire. Peut-être sondait-il mon âme, qui sait?

Tout juste après nous avoir annoncé sa nature poétique, il se tourna vers ma complice. Je n'existais plus, et là, il lui récita un long poème d'amour que j'écoutai moi-même avec attention. À ma grande surprise, je trouvai cela beau. Je dus me contenir lorsqu'il prit sa main et la baisa. De toute façon, l'époque des duels était révolue et je n'avais pas la moindre épée à portée de main. Je n'allais quand même pas trancher ce romantique en deux. Je pense même qu'il fit ce geste, que je jugeai légèrement déplacé, simplement pour détendre l'atmosphère. C'était de bonne guerre, j'acceptai alors sa présence avec plus d'aisance. Bien évidemment, je n'étais pas en train de mettre toute ma confiance en cet individu, mais nous formions dorénavant, assis sur l'herbe, un triangle.

Il nous expliqua qu'il était en cavale, qu'il fuyait tous ces gens qui couraient après lui. Certains le voulaient mort, d'autres vif. Pendant un instant, je m'imaginais sa face placardée partout où il y aurait été inscrit qu'une récompense attendrait celui ou celle qui ramènerait cette face et le reste du corps à la police. Je rêvassais, mort ou vif, cela n'existe plus ici. Si la récompense avait été assez alléchante, je me demande quelle option j'aurais choisie pour me faciliter la tâche.

À moins que mes souvenirs me fassent défaut, je pense que notre camarade ne nous a jamais vraiment dit qui il fuyait au juste. Je ne cherchais pas non plus à savoir. Je tentais plutôt de maintenir un certain ordre dans cette conversation qui allait dans tous les sens. Bien sûr, j'aime la spontanéité et les dérapages philosophiques contrôlés qui nous amènent sur des routes nouvelles, mais je pense que tout cela nécessite un minimum de rigueur. Ce n'est pas tout le monde qui en est réellement capable. Lorsque quelqu'un se dit intellectuel, il faut se méfier! Lui, je ne sais pas de quel type il était vraiment. Tout un personnage en tout cas.

Je remarquai qu'il avait un sac avec lui de la grosseur d'une valise. Je me risquai à lui demander ce qu'il transportait dans son sac.

- Tout ce que je possède à part une chose, me répondit-il.

À cet instant, il se tut. Cette chose m'intriguait, le reste de ses possessions, pas le moins du monde. Il demeura silencieux quelques instants à regarder l'herbe qui était devant lui. Il prit un brin sur lequel il y avait une coccinelle. Il l'observa, toujours sans dire un seul mot. Il amena le brin d'herbe doucement près de sa bouche et sembla chuchoter quelque chose à l'insecte. Il leva ensuite le brin vers le ciel et la bestiole rouge et noire s'envola. Très poétique, mais mon esprit n'appréciait que très vaguement la beauté de ce moment. Je cherchais plutôt à savoir quelle pouvait bien être cette chose manquante. Malgré moi, je dois avouer que cela m'obsédait comme un enfant qui cherche à deviner ce qui se cache dans les cadeaux sous le sapin à Noël.

Celui qui parlait aux coccinelles remit le brin d'herbe là où il l'avait pris dans un geste très inspiré comme s'il avait conscience d'une dimension supérieure. Je pense que s'il avait pu, il l'aurait rattaché à sa racine, mais, par la suite, je compris qu'il y avait un peu de théâtre dans toute cette parade. Il leva les yeux vers moi et il ouvrit la bouche, ce qu'il n'avait pas fait depuis plusieurs minutes déjà. Il savait tout ce temps que je voulais connaître cet objet manquant. Il se retourna vers ma douce et lui fit un clin d'œil. C'est là que je compris que, malgré un brin de folie apparent, l'intelligence ne manquait pas à cet homme. Il voulait peut-être s'assurer que je le prenne au sérieux. C'était maintenant le cas.

Il tourna encore longuement autour du pot, habitude qu'il prenait un malin plaisir à avoir depuis le début de notre entretien. Je gardais quand même toute ma concentration, je n'allais tout de même pas céder toute ma confiance à cet individu que je connaissais à peine.

Il finit, après de longs détours, par arriver au but, enfin le mien, le sien, je ne savais pas trop de quoi il s'agissait. Il me révéla enfin quel était le fameux objet qui manquait dans sa valise. Je dois dire que mes attentes étaient élevées, que je m'attendais à une surprise stupéfiante. Disons que le personnage n'avait rien du gars en pantoufles qui joue au bingo télévisé le samedi soir. Il avait la gueule de quelqu'un qui en avait vu d'autres. Son apparence physique ne mentait pas, mais après tout, il aurait bien pu me berner avec cette allure. Disons que j'ose croire que l'impression que j'avais à ce moment était la bonne. Il avait des tatouages, ce n'est pas si terrible, mais ceux-ci couvraient l'entièreté de son corps et je n'avais pas assez des doigts de mes mains et des orteils de mes pieds pour compter les têtes de mort qui composaient cette fresque ornant son épiderme. À sa vue dans la rue, changer de trottoir aurait semblé la bonne option. Mais après tout, il y avait de la douceur chez cet animal, car nous étions là, depuis un bon moment, à discuter.

Il finit par le dire.

- L'objet manquant dans ma valise, c'est un grille-pain, me dit-il, le plus sérieusement du monde.

Je lui lançai à la blague que la vie devait être triste le matin sans rôties. Il me trancha du regard et le mot était faible. Il était clair qu'il ne l'avait pas trouvé drôle. C'était cela avec lui, le fil de fer sur lequel je marchais était très mince. Je devais faire attention à tout ce que je disais. Il regarda à nouveau le sol et vit une autre coccinelle se prélassant sur un brin d'herbe au soleil. Cette fois, il prit l'insecte entre son pouce et son index en laissant le brin d'herbe là où il était. Il me regarda avec un de ces regards foudroyants et serra ses deux doigts ensemble. La coccinelle n'aurait plus la chance de voir le soleil.

- J'aime manger ma viande crue, me dit-il, colérique. Je vois mal alors pourquoi manger mon pain non grillé me rendrait triste.

Je pense que j'étais assez doué à l'époque dans l'art de dialoguer, mais à cet instant, les mots me manquaient.

Je gardai mon calme, son imprévisibilité devenait prévisible. Alors, sans avertir, il reprit ses airs de poète et récita une autre de ses œuvres à ma douce. Il livra le tout avec style, sans hésitation. Un long poème qui était d'une grande beauté. Le tueur d'insectes était maintenant loin dans les profondeurs de son être. Alors pour éviter qu'il ne revienne trop vite, je n'allais quand même pas l'attiser inutilement. Je le caressai alors dans le sens du poil, je lui dis que son poème était beau, tout simplement. Nul besoin de le flatter plus, ce n'était peut-être pas son genre, mais ce n'était surtout pas le mien.

Cela ne paraissait pas en surface, mais pendant que j'écoutais cet homme débiter ses rimes, j'attendais patiemment que le grille-pain revienne au centre de nos discussions, mais il n'avait pas fini. Il n'avait aucun papier, mais certainement une bonne mémoire à moins qu'il improvisait tout cela. Il continua donc à rimer et rimer et rimer pendant de longues minutes. La beauté commençait à s'étioler et fit naître chez moi un certain ennui. Je pense qu'il a vu cela. Il s'arrêta aussitôt. Il semblait déçu, mais sans être contrarié outre mesure. Je pense qu'il s'aperçut que je voulais en savoir plus au sujet du grille-pain.

Il roula sa manche droite jusqu'à son épaule. Il me montra alors le tatouage qu'il arborait sur son bras. Celui-ci représentait un cœur ensanglanté. Rien pour faire rire!

- Celui-là, comme tous les autres d'ailleurs, c'est moi qui les ai faits, me dit-il avec un brin de fierté.

Je dois dire qu'il m'aurait été difficile de savoir que cette œuvre avait été auto réalisée. Elle était quasi parfaite. Ce poète ne semblait pas tourner les coins ronds.

Peu importe la façon dont il mangeait son pain,

cela n'avait pas la moindre importance. Son grille-pain ne servait pas à cela. Il prenait la broche de cet article de cuisine et trempait le bout dans l'encre. Cela faisait beaucoup plus mal, mais pour lui, il s'agissait d'un rituel important. Sans souffrance, il n'y avait aucun gain possible. Malgré l'utilisation de cet outil inadapté, il réussissait à réaliser un travail impeccable.

Il contempla calmement son œuvre pendant quelques secondes. Peut-être aussi prenait-il son temps pour apprécier les chauds rayons du soleil qui nous arrivaient de si loin. Après quelques instants à naviguer dans son espace cérébral, il croisa mon regard avec persistance.

- Je serais ravi si vous acceptiez que je vous tatoue avec la broche de mon grille-pain.

Cela semblait avoir beaucoup d'importance pour lui. Je dois dire que l'idée m'emballait. À l'époque, j'aurais bien aimé avoir un tatouage, mais je cherchais quelque chose d'original. J'avais peut-être au moins trouvé une méthode inusitée de le faire. Hélas, il n'avait pas son grille-pain. Je pense que s'il l'avait eu, il m'aurait lacéré l'épiderme sur le champ et que si j'avais refusé son offre, il m'aurait crevé les yeux avec sa broche. Il voulait à ce point me tatouer. J'appréciais le fait, qu'en l'absence du grille-pain, j'avais du temps pour réfléchir. Pour ma part, ce n'était pas une décision à prendre à la légère. J'avais toujours reconnu comme un avantage le manque de retenue des gens qui sont capables de prendre des décisions sur des coups de tête sans les regretter par la suite. Je m'étais toujours entêté à prendre des risques, mais j'avais toujours trouvé cet aspect de ma personnalité moins naturel que chez d'autres. Pour faire cela court, j'hésitais.

Il nous expliqua qu'il avait dû quitter son appartement rapidement il y avait quelques jours à peine. À la course, il avait tenté de ramasser toutes ses choses, mais il avait oublié son grille-pain. Il lui était impossible de retourner là-bas, cela était trop risqué.

- Pourquoi êtes-vous précipitamment parti de là-bas, me hasardai-je à lui demander.

Je n'obtins aucune réponse. Je ne poussai pas plus loin.

- Mon ancien appartement est situé pas très loin d'ici. Maintenant que je n'y vis plus, je dors ici dans ce parc.

Une chance pour lui que le printemps hâtif avait des airs d'été. Dormir à la belle étoile en mai, ce n'est pas à tous les ans qu'on peut le faire ici.

- Vous semblez inquiet, me dit-il.

Peut-être avait-il décelé un brin de pitié sur mon visage.

- N'ayez crainte, le sac de couchage dans lequel je me glisse la nuit pour dormir aurait pu servir à un alpiniste au sommet de l'Everest.

Subitement, sans nous avertir, il changea complètement de sujet. Pourquoi était-il parti si rapidement de chez lui en oubliant là-bas son grille-pain? Peut-être n'allais-je jamais obtenir une réponse. Il reprit son chapeau de poète et laissa tomber celui de tatoueur. Il récita une autre de ses œuvres. Encore une fois, c'était de la belle poésie, brute et sans artifices. Cela me faisait un peu penser à ce qu'on pouvait entendre dans un de ces bars de la basse-ville lors des soirées où le micro était ouvert à tous. Un verbe imparfait, mais les tripes sur la table et un cœur qui saigne. J'écoutai encore attentivement, mais le chaud soleil qui me tapait sur la tête depuis le début de l'après-midi commençait à faire des siennes. La fatigue s'emparait de moi et je tentais de ne pas paraître ennuyé. Cela ne fonctionna pas, notre nomade compagnon s'en rendit compte. Il n'était pas fâché, peut-être n'en avait-il plus la force. Le soleil ne tapait pas seulement sur ma tête à moi.

Il voyait bien que le moment des adieux n'était plus très loin. Il me prit par le bras tel un mourant qui sait que la mort approche. Il avait une dernière chose à me dire avant que nous nous quittions. Je pouvais voir dans ses yeux que cela avait une importance capitale pour lui. Je ne pouvais refuser de l'écouter, je l'aurais peut-être eu sur la conscience toute ma vie. Ma mère me disait que si j'hésitais entre y aller et ne pas y aller, alors la première option s'avérait toujours la meilleure. Le choix était donc facile entre écouter quelqu'un qui partageait ma barque depuis quelques heures ou bien chasser le malheureux marin et le laisser partir triste sur son propre radeau. Il marmonna quelque chose d'incompréhensible et pointa un grand arbre qui était à une vingtaine de mètres du lieu où nous nous trouvions.

- Le plus beau livre de poésie est enterré là-bas, nous dit-il, inspiré.

Ce bouquin, il l'avait mis dans un sac imperméable et ensuite dans un petit coffre. Et ce coffre, il l'avait enterré au pied de l'arbre qu'il nous pointait. Il me regarda droit dans les yeux avec le même regard intense qu'il avait lorsqu'il parlait de me tatouer le bras.

- Ce livre, il est pour vous.

Sentant peut-être que je n'étais pas convaincu, il renchérit.

- Il est important que vous alliez le chercher au moment opportun. Cela vaudra la peine de creuser.

Je ne savais pas trop quoi penser. Il est clair que je ne creuserais pas de trou cet après-midi-là pour tenter de trouver un livre qui n'existait peut-être même pas, mais allais-je vraiment le faire un jour? Je tentai par tous les moyens de dissimuler cette hésitation, car au moment où je lui serrai la main pour lui dire adieu, je lui fis croire à un au revoir. Nous reprîmes notre chemin, ma douce et moi, tandis que lui continua d'errer dans le parc à la recherche d'un public digne de sa poésie.

3

Franky Bond n'habite plus ici

Ce matin-là, j'allai chercher les clés de notre nouvel appartement. Nous avions du pain sur la planche. Dès les premiers rayons du soleil, j'étais bien assis derrière le volant du camion de déménagement, café à la main, bien corsé. Il fallait aller vers l'est, dans une charmante maison de campagne, chercher un réfrigérateur, revenir au bercail, le déposer en lieu sûr et repartir vers l'ouest pour prendre les meubles de ma douce dans son petit appartement situé au sous-sol dans la métropole.

J'avais une vitesse de croisière qui me plaisait. Selon toutes les apparences, nous serions de retour à l'heure du souper tel que je l'avais annoncé à ceux qui s'étaient portés volontaires pour nous aider à décharger le camion et transporter son contenu jusqu'au troisième étage via un escalier en colimaçon.

Nous avions presque terminé de ramasser les meubles de ma douce et c'était la fin de l'après-midi. Il ne restait que le divan. Rien d'impressionnant, pensais-je. Si on avait pu le rentrer à l'intérieur, c'est qu'il pouvait bien en sortir.

Hélas, les choses ne se sont pas déroulées comme prévu. Il ne voulait pas passer. Il manquait un tout petit peu d'espace, l'épaisseur d'un cheveu. J'avais beau le tourner dans tous les sens, c'était soit le plafond qui était trop bas ou le mur qui était trop près. J'essayai et réessayai. Je gardais espoir, mais après plus de deux heures, je pris les grands moyens pour le faire passer. J'ai tout simplement brisé le mur qui me gênait. Le divan put alors respirer l'air frais. Je pris soin de plâtrer le mur avec le peu d'expérience que j'avais pour les travaux manuels à l'époque.

On mit le divan avec les autres meubles dans le camion que nous avions loué pour la journée, qui d'ailleurs était sur le point de se terminer. Le soleil se couchait à l'horizon. J'avais prévu être de retour vers l'heure du souper et c'était déjà le début de la soirée et nous avions trois heures de route à faire.

Nous entrâmes une dernière fois dans l'appartement afin de voir si nous n'avions rien oublié. En descendant l'escalier, je m'aperçus qu'il y avait une porte qui donnait sur la cour arrière. L'espace était aéré pour se rendre à cette porte, rien à voir avec les recoins que nous avions dû affronter pour sortir le divan à l'extérieur. Ceux qui avaient entré le satané meuble avaient dû passer par là à l'époque. C'était assez évident. J'étais déçu de ne pas avoir aperçu cette porte plus tôt, mais d'un autre côté, j'étais soulagé. Je me serais longtemps demandé comment on aurait réussi à entrer où j'avais échoué à sortir.

Nous arrivâmes finalement aux petites heures du matin. Un ami à moi était au rendez-vous. Il ne s'était pas désisté malgré notre retard et surtout l'heure si tardive. Nous n'étions que trois pour décharger tout le contenu du camion. Cela ne s'annonçait pas bien. J'étais découragé avant même d'avoir soulevé la moindre boîte. Soudain, j'entendis des voix au loin. Je reconnaissais certaines d'entre elles. Il s'agissait du fils du cousin de mon père qui marchait dans la ruelle avec des amis. La soirée semblait avoir été arrosée. Pour faire polis, ils nous offrirent leur aide. Peut-être pensaient-ils que nous la refuserions, car certains d'entre eux semblaient déjà déçus d'avoir ouvert la bouche. Je les entendais grommeler. Eux ne s'entendaient peut-être pas. L'oreille fait défaut à la sortie de la discothèque. Ils s'étaient commis, ils s'activèrent donc non sans se plaindre.

Je pouvais les comprendre, eux qui espéraient aller s'échouer sur un divan ou un plancher de salle de bain. Ce coup de fouet leur avait peut-être moins donné la gueule de bois le lendemain. Je n'ai jamais su, mais je sais que nous avons gardé de cordiales relations par la suite.

Le camion fut vidé complètement de son chargement au moment même où le soleil se leva. Je remerciai tout le monde pour leur précieuse aide et j'allai me coucher. À l'époque, nous dormions sur un divan-lit. Celui-ci était dans le salon. Nous n'avions plus la force de le soulever jusqu'à la chambre. Il était beaucoup plus facile d'amener des couvertures au salon.

Les dernières perles d'énergie qui nous restaient, nous les utilisâmes pour consommer notre amour une première fois dans notre nouvel appartement. Le sommeil vint facilement par la suite. Nous avons dormi pendant de longues heures pour nous réveiller à l'heure du dîner le lendemain. Journée sans boulot, frais et dispos, coco la veille et deux œufs pour le réveil, la journée s'annonçait des plus magnifiques. C'était beau la jeunesse quand j'y pense.

Il restait encore beaucoup à faire pour se sentir complètement chez nous, mais nous n'allions pas rater l'occasion de nous promener dehors par une si belle journée. Nous nous rendîmes donc au parc juste à côté et nous marchâmes sur le bord de la rivière, un si beau cours d'eau en plein cœur de la ville. Nous nous arrêtâmes souvent en chemin pour nous asseoir et profiter des chauds rayons du soleil. De nombreux goélands volaient à basse altitude dans le ciel à la recherche de quelqu'un qui aurait pu les nourrir. Quelques canards traversaient tranquillement vers l'autre rive tandis qu'un grand héron faisait le guet perché sur une minuscule île. À l'époque, il y avait des murs de béton qui bordaient la rivière. Depuis qu'ils ont été détruits, la nature a pu reprendre sa place et les animaux qui s'étaient expatriés je ne sais trop où, étaient revenus.

Nous revîmes à notre appartement plusieurs heures plus tard. J'allai chercher de quoi nous nourrir pour le souper dans une pizzeria pas très loin et de la bière au dépanneur. Ce n'était pas la haute gastronomie, mais c'était parfait pour deux tourtereaux qui avaient marché tout l'après-midi. En soirée, nous écoutâmes un film, je ne me rappelle plus lequel, collés l'un contre l'autre sur le divan. Une bonne cigarette par la suite, sur le balcon qui donnait sur la cour arrière, à écouter le chant des ruelles.

La nuit s'annonçait pour être douce. Encore une fois, c'était congé demain, la matinée pouvait être grasse.

Vers quatre heures du matin, je me réveillai en sursaut. On cognait à la porte.

Il aurait été très surprenant qu'il s'agisse d'un

vendeur d'aspirateurs. À cette heure, on ne parle pas de vaillance, le soleil n'est même pas levé. Je ne savais donc pas qui pouvait frapper à notre porte. Il y avait une fenêtre sur cette porte qui aurait pu aider, mais le vitrail m'empêchait de voir. Aucune chance que j'ouvre sans savoir à qui j'avais affaire.

J'allai donc sur le balcon avant, celui qui donnait sur la rue. Cela me permettrait de voir sans que je sois vu. En effet, ce balcon était au troisième étage tandis que la porte était au deuxième. Je mis un jeans et j'ouvris doucement la porte qui donnait sur le balcon. Malchance, les charnières étaient mal huilées et un grincement horrible se fit entendre. J'étais maintenant sur le balcon, avec la lumière d'une lampe de poche éblouissante en plein dans les yeux. Il y avait deux personnes en bas et selon les vêtements qu'ils portaient et leur voiture qu'ils avaient garée juste en face, je pouvais facilement déduire qu'il s'agissait de deux policiers. Un policier et une policière pour être plus exact, mais je ne sais si elles préfèrent qu'on dise une officier de police. Vous comprendrez que cette particularité de la langue était le dernier de mes soucis.

Le policier me demanda quel était mon nom. J'allais lui dire, mais la policière ne me laissa pas le temps de répondre.

- Nous cherchons Franky Bond, me dit-elle sur un ton qu'on utilise lorsqu'on ne veut pas se faire répondre poliment.

- Je ne peux rien pour vous, lui répondis-je nonchalamment. Je ne connais pas ce monsieur Bond.

- Selon nos sources, il s'agit bel et bien de son appartement.

- Vérifiez vos sources, lui ripostai-je alors.

Ils semblaient s'impatienter, alors, pour calmer les ardeurs de ces deux flics qui finissaient leur quart de nuit ou bien débutaient celui du matin, je ne sais trop, je leur lançai à la blague que le seul Bond que je connaissais se prénommait James et qu'il n'était pas du genre à habiter par ici. Il devait être en train de sauver le monde.

Ils ne la trouvèrent pas drôle, alors pas du tout.

- Je ne peux rien pour vous et je ne vois pas pourquoi je resterais debout en pleine nuit pour tenter de trouver où pouvait bien se cacher ce

Franky Bond.

Je décidai donc de rentrer, mouvement que les deux officiers de police jugèrent précoce, car on ne m'avait pas donné l'ordre de disposer.

Au moment où je franchis la porte pour entrer me coucher, j'entendis deux coups de feu. La porte d'en bas s'ouvrit ensuite à l'aide d'un coup de pied du policier. Je les entendis monter l'escalier à la course. Je ne comprenais pas ce qui se passait, la situation s'était envenimée à un point tel que mon cerveau avait du mal à analyser la suite des événements. C'était trop pour lui et c'était tant mieux, car cela m'empêcha d'être crispé au moment où les deux policiers me mirent les mains derrière le dos et la joue gauche sur le sol. J'aurais bien pu me blesser si mes muscles avaient été tendus lors de cette intervention que je jugeais inappropriée. Le mot était faible. Quelle bande de cons, me disais-je.

Ma douce se réveilla et, avec tout le calme dont elle est capable, vint au salon voir ce qui se passait. La policière pointa sa lampe de poche directement dans ses yeux pour voir je ne sais trop quoi. Je voyais très bien que cela la gênait. Je commençais moi aussi à m'impatienter.

- Éclairer les mains serait une bien meilleure idée. Ses yeux ne sont pas en mesure de tenir une arme, raillai-je.

- Tu veux faire le malin toi? me demanda le policier dans le but d'aider sa collègue.

Peut-être bien, car à ce stade-ci, mon but était de faire vaciller son esprit en la provoquant. Elle embarqua très vite dans mon jeu, car après seulement deux ou trois attaques verbales bien placées, elle m'infligea une décharge avec son pistolet électrique directement dans le flanc gauche. Cela dut faire très mal, mais je ne m'en rappelle plus vraiment, car je perdis connaissance.

J'ouvris doucement les yeux. J'étais couché sur le divan et on m'avait recouvert d'une chaude couverture. J'entendais des voix dans la cuisine, mais je n'étais pas encore complètement réveillé. J'avais du mal à percevoir à qui appartenaient ces voix. Les rideaux des fenêtres avaient été tirés et le soleil brillait dans le ciel. La chatte vint me voir et se mit à ronronner. Je supposais qu'elle voulait de l'amour, je lui en donnai. Je la flattai pendant qu'elle me regardait avec son œil vert et l'autre bleu, elle savait que je n'étais pas dangereux.

Je m'assis et me levai ensuite. J'avais mal partout et mon cœur battait d'une façon irrégulière. Je me souvins alors de la décharge électrique que j'avais reçue et des policiers qui avaient une façon peu courtoise de vouloir connaître mon nom. Si au moins on m'avait donné la chance de leur dire. Ils auraient su bien avant que je ne m'appelais pas Franky Bond. On aurait alors évité cet évident malentendu. Je me dirigeai vers la cuisine d'où les voix provenaient. Je reconnus facilement celle de ma douce et les deux autres aussi, mais celles-ci avaient maintenant un ton beaucoup plus calme.

Les trois étaient assis à la table et sirotaient tous un café. J'avais bien du mal à comprendre ce changement drastique dans l'attitude des deux agents de police, mais je supposais que ma douce avait su quoi dire pour rétablir les choses. Elle avait ce don. Je me joignis donc à eux. Ils m'expliquèrent encore qu'ils étaient à la recherche de Franky Bond. Mais qui pouvait-il bien être? Je leur demandai s'ils avaient une photo, peut-être l'aurais-je déjà vu. Ils n'en avaient pas en leur possession, ils avaient seulement une carte d'identité sans photo. Je me levai, ouvris une boîte, pris une tasse dedans et me versai un café. Je soufflai pour m'assurer qu'il ne serait pas brûlant au moment où j'y tremperais mes lèvres et bu une petite gorgée.

- Pourquoi Franky Bond est-il recherché?

Les deux policiers se regardèrent. L'homme prit le sucrier et versa un soupçon de son contenu dans son café. Avec la cuillère, il mélangea le tout. Il prit une gorgée. Je vis que la tasse de la femme était vide. Je lui offris de la remplir, ce qu'elle s'empressa d'accepter. Ils étaient maintenant prêts à nous raconter pourquoi ils recherchaient Franky Bond. Nous étions bien sûr emballés d'entendre leur histoire.

La veille, en fin de soirée, les deux policiers étaient confortablement assis dans leur voiture de patrouille. Rien à signaler qui ne vaille le détour. Assez tranquille comme bien d'autres soirées. Il y avait, comme à chaque quart de travail, quelques éléments qui venaient teinter ce décor paisible. Un homme urinait sur le trottoir et une prostituée attendait des clients qui se faisaient plutôt rares. Tout cela passait sous le radar des policiers sans que ceux-ci n'interviennent. Il leur fallait garder leur énergie si des problèmes plus sérieux devaient survenir.

Leur voiture était stationnée à une intersection où les gens les plus bizarres passaient. Après tant d'années à observer cette jungle de disjonctés, leurs yeux étaient déshabitués de la normalité. Ils ne s'en plaignaient pas. Ils avaient choisi cette vie depuis fort longtemps et ils ne voulaient pour rien au monde l'échanger. Ils faisaient eux-mêmes partie de la pièce qui se jouait à chaque soir. Des acteurs bien huilés, mais ils n'étaient pas préparés pour cette soirée-là. Pourtant, ils en avaient vu d'autres et rien ne les avait fait fuir. Ils étaient en poste à chaque soir sans jamais manquer. Calvin Edwin Ripken Jr., célèbre pour avoir joué deux mille six cent trente-deux parties consécutives, aurait été fier d'eux.

Ils étaient en train de discuter base-ball

lorsqu'ils virent au loin un homme au comportement étrange marcher sur le trottoir. Il marchait très vite et se retournait constamment comme s'il cherchait à fuir quelqu'un. Il tournait la tête à gauche, ensuite à droite, et ce manège se répétait sans cesse. Heureusement que la voie était dégagée devant lui, car il ne regardait jamais où il mettait les pieds. Les deux agents de police le trouvaient bien évidemment étrange, mais cela n'arrivait pas à battre l'éboueur solitaire chanteur d'opéra à la cyphose dorsale accentuée par le poids de ses sacs de vidange ou bien à l'imam pécheur casseur de bagnoles. Ils avaient vu pire.

Ils consultèrent quand même la liste des derniers signalements dans le secteur. Quelques mois auparavant, un homme avait quitté son domicile sans avertir personne. En plus, il avait laissé l'endroit dans un sale état. Les voisins s'étaient plaints d'un bruit qui ressemblait étrangement à un coup de feu. Ils avaient l'oreille, car une balle fut effectivement retrouvée dans l'appartement. Cet individu pouvait donc être armé. Ils consultèrent la description physique de l'homme en question et celle-ci correspondait à celle du marcheur qui aurait aimé avoir des yeux derrière le crâne. Pas de doute, c'était lui.

Ils débarquèrent de la voiture pour la première fois de la soirée. Ils étirèrent leur torse et bougèrent sans vigueur leurs articulations afin de chasser le mal causé par une position assise qui avait duré beaucoup trop longtemps. Ils voulurent adresser la parole à l'homme qui était recherché, mais celui-ci poursuivit sa route sans même les voir.

Ils n'allaient tout de même pas sortir leur arme pour menacer cet étrange personnage. Cela aurait pu envenimer la situation. Ils n'étaient pas non plus trop chauds à l'idée de sortir le pistolet électrique. Ils lui coururent donc après avec l'intention de faire une intervention la moins musclée possible. Les gens qui peuplaient cette jungle qu'était la basse-ville étaient, pour la plupart, inoffensifs.

L'homme fut vite rattrapé par les deux policiers. On lui mit la main sur l'épaule et non au collet pour éviter tout dérapage. L'homme se retourna aussitôt. Il semblait effrayé, mais dès qu'il vit à qui il avait affaire, son visage se décrispa et sembla rassuré. On lui demanda gentiment de mettre ses mains à la vue sur le capot de la voiture de police, ce qu'il fit sans protester. Il continuait à se tourner la tête à gauche, ensuite à droite et refaisait cette routine sans arrêt. L'agente entra dans la voiture consulter son ordinateur tandis que son acolyte surveillait étroitement celui qu'ils avaient interpellé.

Il n'y avait pas de doute. L'homme qui avait les deux mains sur le capot de la voiture correspondait à la description de celui qui était recherché pour avoir vandalisé un appartement quelques mois auparavant. La fiche mentionnait que le suspect pouvait être dangereux et armé. Les deux policiers allaient devoir danser sur un autre tempo.

On demanda à l'homme de mettre les mains sur la tête. On lui dit qu'il était en état d'arrestation et on lui ordonna de ne pas bouger avant qu'on lui mette les menottes. L'homme était peut-être fou, mais il sentait que l'étau se resserrait. Cela ne l'empêchait pas de continuer son manège de toujours regarder par-dessus chacune de ses épaules, et ce, sans arrêt.

Les policiers n'apprécièrent guère, car ils lui avaient pourtant ordonné de ne pas bouger. Le policier décida d'intervenir physiquement auprès de l'homme. Il le serra entre ses bras. Le suspect semblait être maîtrisé, il n'avait aucune chance de s'enfuir, mais pour une raison encore inexpliquée, au moment où le policier voulut mettre les menottes au suspect, ce dernier lui glissa littéralement entre les doigts et il s'enfuit dans un sentier vers la rivière.

Il n'y avait aucun éclairage, ce qui facilita la fuite de l'homme. C'était peine perdue pour les deux policiers. Le parc était immense et le suspect avait déjà une longueur d'avance sur eux. Il était, en plus, potentiellement armé. Personne n'avait le goût de jouer au cow-boy ce soir-là. Appeler du renfort n'aurait fait que du tort à ce quartier, les familles n'auraient plus fréquenté un parc où un homme dangereux et armé serait caché. On attendrait plutôt qu'il retourne chez lui, on avait son adresse. Il avait laissé échapper son portefeuille au moment où il leur fila entre les doigts. Il n'y avait pas grand-chose dans ce portefeuille, seulement une carte, sans photo. Franky Bond, poète et tatoueur, et son adresse inscrite au verso.

Les policiers ne savaient pas, ou avaient tout simplement omis de bien effectuer les vérifications nécessaires, si l'adresse inscrite sur la carte qu'ils avaient trouvée était encore valide. Voilà donc la raison pourquoi, aux petites heures du matin, on frappa à notre porte et qu'on pensa, à tort, que j'étais Franky Bond.

Après le départ des policiers, il n'était pas question d'aller se recoucher. De toute façon, le matin était bien entamé et il aurait été difficile pour moi de dormir après cette aventure. La grasse matinée, cela serait pour une autre fois. Il fallait maintenant régler le problème de la porte d'entrée de notre appartement. Premièrement, le policier l'avait brisée lorsqu'il y avait enfoncé son pied après avoir tiré deux balles dedans. Un geste aussi brutal simplement pour mettre la main au collet d'un étrange personnage me laissait croire que ce dernier pouvait être dangereux. Alors même si la serrure n'avait pas été endommagée, je ne prendrais pas le risque que Franky Bond ait conservé une clé avec lui. Je ne savais pas si cette serrure avait été changée après son départ. Je n'avais pas le temps de savoir. Je pris donc le bottin téléphonique et composai le numéro du premier serrurier sur lequel mon index tomba. Il n'y en avait pas des milliers. Je lui demandai également d'apporter avec lui une nouvelle porte. Je réglerais le tout par la suite avec notre propriétaire.

La réalisation des travaux prit une heure ou deux, pas plus. Nous étions maintenant certains d'être les seuls à posséder la clé qui ouvrait notre porte, mis à part le propriétaire qui, forcément, devait en détenir une lui aussi.

Après cette matinée mouvementée, il fallait prendre l'air. Cela tombait bien, dehors, c'était l'été et il faisait beau. Nous sommes allés chercher des croissants et des confitures à la boulangerie qui était située à quelques coins de rue de notre appartement et les avons mangés par la suite au parc sur le bord de la rivière. Un déjeuner succulent! Je dois dire que je n'avais aucun remords à engloutir trois croissants au beurre. J'étais du bon côté de la montagne. Quand on a la jeunesse, on a tout y compris un bon métabolisme. On dit également que quand l'appétit va, tout va. Selon toutes les apparences, j'allais bien.

Après notre repas, nous profitions de la belle température en marchant, sans aucune presse, sur le sentier qui longeait la rivière. J'aimais beaucoup marcher à cet endroit. C'était un plaisir pour moi d'entendre grouiller la ville en bruit de fond et de voir cette nature vivre. Je profitais du moment.

Le soleil allait bientôt se coucher au moment où nous retournâmes à l'appartement. C'était une de ces nuits d'été où dormir nu ne suffisait pas pour supporter la chaleur. C'était la canicule! Nous ouvrâmes donc toutes les fenêtres et je me laissai bercer par les bruits nocturnes de la ville. Celle-ci ne dort jamais. À cette époque, cette absence de silence me réconfortait et m'emportait doucement vers le sommeil.

Pour une deuxième nuit consécutive, aux petites heures du matin, je fus réveillé par un bruit. Celui-ci provenait du tambour. Quelqu'un semblait essayer d'ouvrir la porte qui donnait sur la ruelle. J'enfilai un jeans et une paire de chaussures. Je restai torse nu. Si j'allais devoir me battre, je n'offrirais pas la possibilité à mon potentiel adversaire de me faire perdre l'équilibre en tirant sur mon gilet. Ce n'était pas une parade de mode qui était prévue, mais un combat à mains nues.

Je réveillai ma douce afin de l'avertir de ce qui se passait. Elle n'était pas du genre à se rendormir dans ce genre de situation ou bien à pleurer dans un coin. Elle se leva du lit et prit un bâton de baseball. Elle n'aimait pas ce sport, mais j'étais persuadé qu'elle n'aurait aucune misère à frapper un coup de circuit si l'occasion se présentait. Mes arrières étaient bien assurés.

Nous sortîmes tout doucement de la chambre. Tranquillement, j'ouvris la porte qui donnait sur le tambour. Je tentais de ne pas faire de bruit, mais le plancher craquait sous mes pieds. On tentait toujours d'ouvrir la porte. Je me rapprochai. Je passai par le côté et levai légèrement un rideau afin de voir à qui j'avais affaire. Il y avait effectivement quelqu'un, ce n'était pas seulement une souris qui tentait de se frayer un chemin à l'intérieur. Je n'arrivais pas à bien voir la personne qui tentait d'entrer chez nous, il faisait si noir. L'intrus avait une stature comparable à la mienne et, à première vue, je ne voyais pas d'arme dans ses mains. De plus, je le voyais, lui non, ce qui me donnait un net avantage. Malgré tout cela, j'ai toujours cru que se battre devait être le dernier recours. Je levai donc l'interrupteur et la lumière du balcon arrière éclaira la nuit. L'homme arrêta net sa besogne et fila à toute vitesse. J'eus le temps de remarquer que celui qui tentait d'entrer dans notre demeure avait de nombreux tatouages sur les bras, mais il était de dos et je ne pus voir son visage.

Nous reprîmes le chemin de notre chambre sans égratignures. L'excitation fit que je fus incapable de m'endormir sur le champ, mais le sommeil vint malgré tout. Je supposais que l'homme qui avait tenté d'entrer ne reviendrait pas cette nuit. Peut-être était-il revenu, chose qui n'était pas impossible, mais si c'était le cas, ce fut à mon insu.

4

Franky Bond buvait du thé et connaissait l'art de la guerre

Le cadran sonna à six heures le lendemain matin. Je le fis taire en lui tapant dessus et je restai couché pour un trop court sursis de dix minutes. Après deux nuits écourtées, les signes du manque de sommeil commençaient à apparaître.

Après la fin de semaine, la réalité frappait, c'était le retour au boulot. Je me levai à la hâte et pris une douche. J'en sortis cinq minutes plus tard, me séchai et enfilai un jeans. J'allai dans la cuisine pour me faire un bon déjeuner, mais je ne trouvais pas les assiettes et les ustensiles. En fait, je ne trouvais pas grand-chose, car beaucoup de nos boîtes n'avaient pas encore été ouvertes. On avait pris un peu de retard. Je regardai dans les armoires, mais les premières étaient vides. Le dernier panneau que j'ouvris contenait une théière. Je me demandais bien pourquoi le seul article de cuisine que nous avions pris soin de mettre dans une armoire était cette théière. Ce n'était pas que nous ne buvions pas de thé, mais nous préférions de loin le café.

Je pris la théière. Je ne l'avais jamais vue, elle ne me disait rien en tout cas. Elle était en porcelaine blanche un peu défraîchie avec des motifs bleus qui ornaient les côtés. Genre d'article qu'on aurait pu facilement voir à New Delhi.

Lorsque j'ouvris le couvercle, à ma grande surprise, je trouvai une seringue. Bien évidemment, j'évitai d'y toucher, je supposais qu'elle pouvait être souillée. Je n'avais aucune preuve, mais à cette époque, je jugeai que Franky Bond était héroïnomane. Il était le dernier à avoir habité les lieux et une seringue dans une théière, pour moi, cela rimait plus avec diacétylmorphine qu'avec diabète. Je pouvais me tromper, aucun doute là-dessus, mais c'est cette hypothèse qui demeura dans mon esprit pendant plusieurs années.

Je refermai le couvercle de la théière et mis

celle-ci et son contenu à la poubelle. Je pris soin de l'envelopper avec du ruban gommé en faisant plusieurs tours pour éviter que celle-ci ne s'ouvre rendue au dépotoir. Étrangement, je n'ai pas pensé qu'elle allait de toute façon se briser compte tenu du matériel avec lequel elle était fabriquée. Il aurait peut-être été plus prudent d'aller porter la seringue dans un endroit approprié, mais je ne savais pas où pouvait être cet endroit approprié. Je devais aller travailler et je ne voulais pas que cette seringue demeure sur le comptoir de la cuisine toute la journée. J'osais espérer que le ruban tienne le coup, c'était le mieux que j'avais pu faire. Dommage pour la théière, elle était jolie.

Je devais partir en vitesse. J'ouvris le frigo et pris une tranche de pain. J'aurais bien aimé la faire rôtir, mais, encore une fois, je ne trouvais pas ce qui était nécessaire. Le grille-pain devait se trouver, lui aussi, au fond d'une boîte. Peut-être qu'il aurait été préférable de s'occuper de ces boîtes au lieu d'aller flâner au parc à manger des croissants au beurre et à regarder le temps passer. Je dois avouer que c'était de ma faute. Ma douce, elle, avait comme idée de vider les boîtes et ensuite de s'amuser. De mon côté, je semblais penser qu'elles se videraient toutes seules. Je ne savais pas par quel moyen, par magie peut-être.

Je pris quand même la chance d'ouvrir une armoire, comme un fumeur en manque de nicotine qui sait pertinemment que son paquet de cigarettes est vide, mais qui l'ouvre à plusieurs reprises pour voir s'il n'y en aurait pas une qui apparaîtrait.

J'étais chanceux, car il y avait effectivement un grille-pain dans l'armoire. Je fus déçu au moment où je voulus y mettre la tranche de pain, car cela ne fonctionnait pas du tout. Les broches qui servaient à faire rôtir le pain étaient arrachées et traînaient au fond des orifices dans lesquelles les tranches de pain devaient être insérées. À ce moment, je me dis qu'il devait s'être abîmé dans le camion lors du déménagement. Ce n'était pas plus grave que cela, j'avais maintenant une bonne raison pour passer à la quincaillerie après le travail pour en acheter un autre. Après avoir englouti la tranche de pain avec de la confiture de fraises, je partis pour le travail.

L'idée que le grille-pain que j'avais trouvé ce matin-là puisse appartenir à Franky Bond m'avait traversé l'esprit, bien évidemment, mais cette idée se perdit dans la mer de mon esprit durant ma journée de travail.

Mon travail m'absorbait énormément et toute mon attention était dirigée vers celui-ci. L'invention sur laquelle je travaillais à cette époque révolutionnerait l'industrie du divertissement, à ma grande surprise d'ailleurs, moi qui pensais qu'elle allait changer le monde autrement.

Malgré toute la concentration dont je pouvais faire preuve lorsque je travaillais, j'avais également la capacité de m'en détacher rapidement lorsque je quittais mon atelier. Sur le chemin du retour, au volant de ma voiture, le grille-pain vint me hanter à nouveau. Je me rappelai la journée où, ma douce et moi, avions fait la rencontre d'un étrange personnage qui voulait me tatouer dans le parc situé à deux coins de rue de notre appartement. Il utilisait la broche d'un grille-pain pour réaliser ses œuvres qui auraient pu berner n'importe quel fin connaisseur. On n'aurait jamais pu se douter qu'il réalisait son art avec un outil si peu adapté. Personne n'a jamais fait griller du pain avec un dermographe, lui faisait le contraire avec la plus grande adresse!

Je trouvais bien dommage que ce grille-pain ne puisse plus servir, il ne pouvait plus rôtir ni tatouer, à moins bien sûr que le tatoueur soit retrouvé. Le problème, c'est que je ne savais pas où Franky Bond pouvait bien être. Était-il réellement celui que nous avions rencontré dans le parc? Je ne pouvais le dire à ce moment.

Je rentrai chez moi et comme je m'y attendais, le grille-pain était toujours sur le comptoir de la cuisine. L'idée qu'il serait plutôt à la poubelle m'avait effleuré l'esprit, c'était bien le genre de ma douce. Moi, on pouvait facilement me classer dans le camp de ceux qui gardent.

Un jour, je pris un stylo à bille afin d'inscrire une adresse sur une enveloppe. Rien à faire, j'avais beau appuyer le plus fort que je pouvais sur la pointe, il n'y avait plus d'encre dans le crayon. Malgré tout, je replaçai celui-ci dans le porte-crayons et en pris un autre. Le lendemain, cette fois, pour dresser une liste des aliments que je devais acheter à l'épicerie, je pris le crayon à nouveau. Bien évidemment, celui-ci n'écrivait toujours pas, aucune encre n'était apparue par magie durant la nuit. Je le remis à sa place une nouvelle fois. Le surlendemain, j'avais le cerveau en compote et la seule tâche qu'il s'était donné la peine d'entreprendre était de dessiner une moustache et des lunettes aux politiciens photographiés dans le journal. Encore une fois, je pris le stylo, mais cette fois, je le regardai avec un sourire satisfait, comme pour lui dire que j'avais gagné et, au lieu de tenter d'écrire avec, je le remis à sa place dans le porte-crayons au lieu de le mettre à la poubelle sachant qu'il n'écrivait plus. Peut-être un jour pourrai-je expliquer cet attachement aux simples choses, mais pour le moment, je n'avais pas l'idée de faire une psychanalyse.

Après avoir longuement contemplé le grille-pain, j'allai me coucher. Le sommeil vint rapidement, moi qui n'avais pas très bien dormi lors des deux nuits précédentes, celles-ci ayant été écourtées par deux policiers et quelqu'un qui avait tenté d'entrer dans notre appartement sans nous en avoir préalablement demandé la permission.

Eh bien, n'est-ce pas l'expression *jamais deux sans trois* qu'on dit si souvent. Pour une troisième nuit consécutive, mes yeux durent s'ouvrir avant l'aube. Quelqu'un essayait d'ouvrir la porte du tambour à nouveau. Je réveillai ma douce. Elle prit fermement le bâton de base-ball caché sous le lit et surveilla mes arrières. J'eus comme idée de prendre un couteau lorsque je passai par la cuisine pour me rendre dans le tambour, mais je pensai que cela pourrait envenimer inutilement la situation. L'objectif n'était pas de tuer la personne qui tentait d'entrer. Je me rappelais très bien que le contrôle de soi se trouvait au quatrième rang du credo. Je pris uniquement un trombone que je déformai afin que celui-ci puisse constituer une mini-épée. J'espérais que la personne de l'autre côté de la porte aille une arme similaire. Cela serait donc un combat loyal.

Cette fois, comparativement à la nuit précédente, je n'ouvris pas les lumières dans le but de faire fuir mon adversaire. Selon toutes les apparences, cette tactique n'avait fonctionné que partiellement, lui qui était revenu. Donc, sans faire de bruit, je m'approchai de la porte avec ma douce surveillant toujours mes arrières. J'allais débarrer la porte et ouvrir. La suite des choses, c'était de l'inconnu. J'indiquai à ma douce avec ma main de rester dans le tambour et lui chuchotai de sortir uniquement si elle voyait que ma victoire, lors de mon imminent duel, lui paraissait impossible. En d'autres mots, si mon adversaire me mettait hors de combat et qu'il était sur le point de m'achever, c'est là qu'elle devait intervenir et frapper un coup de circuit.

Je débarrai la porte. Il n'y eu aucun applaudissement lorsque j'ouvris. J'étais tellement nerveux, fébrile, anxieux et excité d'entrer en scène que j'avais peut-être anticipé la venue d'un public pour le début du spectacle. Il n'y en avait pas, dommage. La suite des choses était digne d'une pièce de Shakespeare.

Au moment où j'ouvris la porte, le mouvement rapide de celle-ci fit virevolter dans les airs les feuilles de papier qui étaient empilées sur une tablette dans le tambour. Ce tas de feuilles, n'ayant jamais retrouvé son ordre original par la suite, me causa de lourdes pertes financières lorsque je publiai le récit qui en découlait. Ce fut l'histoire la plus chaotique jamais publiée et je dus acheter l'ensemble des copies disponibles sur le marché, car plus personne ne désirait naviguer dans des eaux aussi troubles. Encore à ce jour, malgré l'absence de regrets, je me demande bien si ce fut la paresse ou bien un quelconque désir d'originalité qui m'empêcha de remettre les pages dans le bon ordre. Dans la situation où je me trouvais, je ne pouvais trouver de réponse à cette question.

- Vous! me dit-il.

J'étais certain d'avoir entendu cette voix auparavant. Cette fraction de seconde de recherche obsessionnelle où toutes mes ressources cérébrales tentaient de trouver à qui pouvait bien appartenir cette voix fut vaine. Cet intrus allait donc, pour le temps d'un combat, demeurer un inconnu. Il m'était également impossible de voir son visage même si lui avait vu le mien. La lune était de son bord! Je remarquai qu'il avait, lui aussi, un trombone à la main qu'il avait pris soin de transformer en mini-épée. Les cerveaux peut-être connectés par l'intensité d'un duel, nous jetâmes nos épées par terre en même temps réalisant très bien qu'elles étaient ridicules. Nous allions plutôt opter pour les poings et les pieds.

Étrangement, je ne voyais pas rouge et, au lieu d'être profondément tendu, je sentais l'équilibre de toutes les fibres qui composaient mon corps. C'était de bon augure, le jazz allait pouvoir débuter. À la suite d'un salut rapide à l'aide d'un hochement de tête, je pris ses épaules et mon adversaire fit de même avec les miennes. Nous tournâmes quelques instants, personne ne voulant lâcher prise. C'est à ce moment qu'il me donna soudainement un coup de tête que je ne pus éviter. L'impact de son crâne sur ma dent vingt et un la déracina et l'envoya si loin que jamais je ne l'ai retrouvée. Celle-ci me faisait mal à l'époque, il me rendit un certain service. Sans perdre le contrôle, j'étais quand même sonné. Ce n'était pas un film d'action dont il s'agissait, le sang qui coulait, ce n'était pas de la frime. Mon adversaire profita de ce bref instant de faiblesse pour me pousser vers l'escalier qui allait nous mener directement au deuxième étage. Au moment où j'allais basculer par derrière, je le pris par le collet et le fis voler au-dessus de ma tête. Jamais nous ne touchâmes aux marches de cet escalier. La seconde pendant laquelle nous pirouettâmes me parut très longue. J'avais conscience que mon corps toucherait le sol dans un fracas douloureux.

Par chance, ce ne fut pas le cas, nous atterrîmes sur un matelas de lit. Heureusement que mon voisin du dessous, celui qui avait une femme qui aimait frapper sous mes pieds à coups de manche à balai, dormait à la belle étoile lors des chaudes nuits d'été. Il faut également dire que nous fûmes tous chanceux qu'il n'était pas couché au moment où mon adversaire et moi atterrîmes sur le matelas. Une vessie pleine ou un petit creux dans la bedaine le fit entrer à l'intérieur. Nous eûmes le temps de terminer notre combat avant qu'il ne ressorte. Grâce au heavy metal écouté à tue-tête la fin de semaine et aux longues heures passées à l'usine à entendre les machines à l'œuvre, mon voisin ne sut jamais ce qui s'était passé cette nuit-là. Lorsqu'il mit sa tête sur son oreiller en revenant de la salle de bain ou de la cuisine selon ce qui devait être vidé ou bien rempli, il ne savait pas qu'en tombant, j'y avais laissé mon sang. À son réveil, peut-être s'était-il dit qu'il avait dû saigner du nez pendant la nuit. Il aurait été surprenant qu'il pousse plus loin l'affaire.

Mais revenons au combat que j'étais en train de mener, car celui-ci n'était pas terminé. Malgré cette chute d'un étage, l'adrénaline nous empêcha, tous les deux, de ressentir la douleur sur le coup. J'avais déjà vécu des jours plus tranquilles. J'aurais bien pu raconter l'histoire de ce combat comme bien des gens racontent une histoire de pêche, que j'étais en train de lui donner toute une correction, mais je dois dire que mon adversaire avait le dessus. Le coup de tête qu'il m'avait servi et la chute d'un étage m'avaient fait plier l'échine

J'essayais, du mieux que je pouvais, de reprendre le contrôle, mais j'avais du mal à y arriver. Je le tenais par le collet avec les réserves d'énergie qui me restaient afin de le garder à distance et éviter qu'il ne m'atteigne avec un coup de poing.

J'entendis soudain les planches du balcon craquer. Ma douce approchait et elle tenait fermement à deux mains notre bâton de base-ball. Elle allait prendre son élan. Je savais que je pouvais compter sur elle, mais il était un peu trop tôt. Même si ma défaite semblait imminente, je savais que je pouvais me sortir du pétrin, cela n'aurait pas été la première fois. Et à voir l'élan qu'elle était en train de se donner, elle aurait tué mon adversaire. Ce n'était pas nécessaire, loin de là. Alors, pour éviter d'avoir un mort sur la conscience, je canalisai toute mon énergie pour projeter mon adversaire à l'aide de mes deux pieds. Celui-ci alla se frapper le derrière de la tête contre le mur de brique qui longeait le balcon. Cela semblait douloureux, mais lorsque je vis le bâton de base-ball frapper la lampe anti-moustiques appartenant aux voisins du dessous et celle-ci voler dans le ciel et plus loin encore, je me dis que tout le monde était gagnant y compris ces insectes haïssables.

Comme dans les combats de lutte diffusés à la télé le samedi matin lorsque j'étais enfant, le vent tournait maintenant en ma faveur. Je pris mon adversaire dans mes bras et le serrai à la gorge. Je voulais l'affaiblir encore plus, lui faire perdre le goût de revenir tenter d'ouvrir la porte du tambour de notre appartement à nouveau. Je le maîtrisais et les coups qu'il tentait de me donner afin que je lâche prise rataient leur cible à chaque fois. Je sentais maintenant qu'il savait qu'il se trouvait en fâcheuse position.

Lorsque je voulus lui asséner un coup de poing pour l'envoyer au tapis et ainsi découvrir qui il était, il me fila entre les doigts. Par une astuce des plus étranges, il réussit à glisser hors de tous ses vêtements et s'enfuit tout nu dans la nuit. Moi, je restais planté là avec son linge sale dans mes mains ne comprenant pas trop ce qui venait de se passer.

Au moment où il tourna le coin de l'immeuble pour disparaître dans le labyrinthe des ruelles sombres de la ville, la lune éclaira celui qui prenait la fuite. Je ne pus voir son visage, mais je reconnus les tatouages qui ornaient son épiderme. Il n'y avait pas de doute. Celui avec qui j'avais mené ce rude combat était celui que j'avais rencontré dans le parc.

À cet instant, je conclus que ce poète autoproclamé et tatoueur hors-pair était Franky Bond!

Cela aurait été faire preuve d'une grande audace que de revenir à nouveau. Je pris donc pour acquis que Franky Bond n'allait pas revenir cette nuit-là. Ma douce m'aida à nettoyer mes blessures et j'allai me coucher. Malgré mon corps épuisé, l'adrénaline encore bien présente dans mon organisme m'empêcha de fermer l'œil rapidement. Je dus me rendre à l'évidence, je devrais donc réfléchir au lieu de dormir. Compter les moutons n'avait jamais fonctionné chez moi.

Je n'en voulais pas à Franky Bond. Il se défendait comme n'importe qui l'aurait fait et j'étais persuadé que s'il avait réussi à entrer, il n'aurait fait de mal à personne. Je l'espérais en tout cas. Je savais très bien pourquoi il tentait d'entrer chez nous, il voulait son grille-pain, celui qui lui permettait de gagner son pain en tatouant les grillés du coin.

Alors, pourquoi le gardais-je dans mon appartement? Je me remis sur pattes et sortis de la chambre pour aller à la cuisine. Je pris le grille-pain, ouvris la porte du tambour et le déposai sur le balcon à la belle étoile. Je m'assurai de le mettre près de la porte, sous le minuscule toit afin de le protéger de la pluie. Un orage par une chaude nuit d'été comme celle-ci n'était pas une chose rare. J'étais quelque peu déçu d'avoir jeté sa jolie théière, peut-être aurait-il aimé la récupérer elle aussi. Je refermai la porte et m'assurai à plusieurs reprises que celle-ci était bien barrée. Je retournai me coucher et le sommeil vint rapidement.

Le lendemain matin, je me réveillai vers neuf heures. Il ne restait plus beaucoup d'endroits sur mon corps où je ne ressentais pas la douleur après ce combat nocturne. Je me levai du lit et tentai de brefs étirements de mes muscles. C'était déjà mieux que rien. J'avais également une dent que j'allais devoir remplacer, celle que j'avais perdue durant mon affrontement avec Franky Bond.

Je pris une bonne douche chaude qui s'étira un bon moment. J'en sortis ratatiné. Je mis un jeans et une chemise et me servis un café que ma douce avait préalablement préparé, elle qui s'était levée quelques minutes avant moi. Elle était en plein entraînement musculaire au salon. Je ne voulais pas la déranger. Je débarrai la porte du tambour et je pris mon café sur le balcon arrière. Lorsque j'ouvris, une brise très agréable vint caresser mon visage. La journée s'annonçait, encore une fois, pour être splendide.

Après une bonne inspiration de cet air estival, j'ouvris les yeux et remarquai qu'il y avait encore un grille-pain sur le balcon. Je n'étais pas étonné, Franky Bond avait peut-être décidé de prendre le large après notre bataille.

Mais en regardant le grille-pain plus attentivement, je remarquai qu'il y avait un chou sur celui-ci. Pas le genre de chou qu'on peut faire pousser dans son jardin, mais un de ceux qu'on met sur un cadeau pour faire joli. La broche du grille-pain était où elle devait être. Il avait l'air de celui que j'avais l'intention d'acheter à la quincaillerie. Il était neuf ce grille-pain, rien à voir avec celui que j'avais mis là la veille. Selon toutes les apparences, Franky Bond était venu chercher celui qui lui appartenait et il m'offrait le nouveau en cadeau.

J'étais étonné d'une telle attention et heureux de pouvoir rôtir mon pain à nouveau.

Je n'entendis plus parler de Franky Bond pendant de longues années par la suite. Les blessures de mon combat finirent par guérir et un dentiste installa, quelques semaines plus tard, un implant ainsi qu'une couronne dans ma bouche pour remplacer ma dent vingt et un qui avait été arrachée.

Les années qui suivirent m'apportèrent joies et peines.

5

Un vieillard et ses canards

Il s'agissait, encore une fois, d'une merveilleuse journée. Il ne pleuvait pas souvent au parc! Après avoir marché une partie de la matinée sur le sentier longeant la rivière, je vins m'asseoir sur un banc. Malgré les années qui avaient passé, je gardais la forme. Cela faisait longtemps que le raisin était ratatiné, mais il provenait tout de même d'une excellente cuvée.

Le parc, lui aussi, gardait la forme. La rivière était toujours débordante de vitalité et les sentiers la longeant étaient bien entretenus, ce qui permettait d'aller tout près et ainsi bénéficier de l'effet relaxant de l'eau qui retourne à l'océan.

Pas grand-chose n'avait changé depuis tout ce temps. Bien sûr, les gratte-ciel, qu'on aimait appeler gratte-fesses en l'honneur des astronautes qui peuplaient les nombreuses stations spatiales, avaient remplacé le fameux ciel, car on le voyait de moins en moins celui-là. Les vélos avaient remplacé les pédalos et vice versa. Les gens ne lisaient plus à part les listes d'ingrédients figurant sur les emballages des aliments.

Oui, la vie avait changé et c'était ainsi. Les choses évoluaient très rapidement, mais je tentais de m'y adapter et surtout j'évitais de tomber dans la facilité de dire que c'était mieux avant. J'avais su conserver mon ouverture d'esprit, mais la musique que j'écoutais le plus souvent était celle de ma jeunesse et je revisitais souvent les classiques lorsque je lisais un livre. J'étais comme tout le monde, j'avais ma zone de confort dans laquelle je me sentais bien. Je n'étais plus dans le feu de l'action. Je m'en rendais bien compte lorsque je regardais les gens qui grouillaient dans le parc. J'étais probablement le plus vieux.

Je sortis de ma poche un sac en papier. Il ne s'en faisait plus beaucoup de ces sacs, il fallait creuser beaucoup pour trouver un vendeur et si on réussissait, il fallait payer le prix. Cela ne me dérangeait pas. Je trouvais qu'il s'agissait du meilleur moyen pour transporter les morceaux de pain que je donnais aux canards pour les nourrir. J'en sortis donc quelques-uns du sac. J'attendis patiemment que la gêne des oiseaux disparaisse. Lorsque ceux-ci arrivèrent à mes pieds, je m'assurai que chacun d'eux allait pouvoir combler sa faim.

Pendant que mes canards se délectaient, je me laissai aller à mes doux souvenirs de ce parc.

La première fois que je vins ici, je devais avoir deux ou trois ans. Mes parents et moi habitions pas très loin d'ici, dans un modeste appartement. Je me rappelle mon père m'invitant à prendre place dans la poussette, m'expliquant que nous allions nous promener au parc. Je ne connaissais même pas ce mot à l'époque, mais mon cerveau tentait de bâtir une image. Il n'acceptait pas d'ignorer ce que pouvait bien être un parc. Il essayait avec des mots qu'il avait déjà entendus : sac, bac. Je doutais des images que je voyais, alors je demandai à mon père ce que pouvait bien être un parc. Il sourit et m'assura que je le découvrirais très bientôt.

Nous quittâmes l'appartement. Mon père sortit son paquet de cigarettes de la poche de sa chemise et s'en alluma une avec son briquet. Que cela avait l'air agréable de fumer. Pas très loin de nous, il y avait un monsieur qui tentait d'allumer une torche. Mon père le regarda attentivement, cigarette au bec, afin de voir ce qu'il tentait de faire avec cette torche allumée en plein jour. Il n'y avait aucune grotte à visiter dans le coin. L'homme ne sembla pas nous voir. Il ouvrit une des fenêtres du rez-de-chaussée de l'immeuble voisin et lança la torche à l'intérieur. Après quelques secondes, le feu commençait déjà à dévorer le bâtiment.

Mon père voulut entrer chez nous pour appeler les pompiers, mais au moment où il écrasa sa cigarette avec le dessous de son soulier, deux camions entrèrent dans le stationnement à vive allure. Plusieurs pompiers en débarquèrent et s'affairèrent à éteindre le brasier. Les occupants de l'immeuble furent d'abord évacués et le feu fut ensuite éteint. Les dommages matériels semblaient importants, mais personne ne fut blessé.

L'homme qui avait tenté de mettre le feu était

le propriétaire de l'immeuble. C'est lui qui avait appelé les pompiers avant même d'avoir enflammé sa torche. Il devait être dans la misère pour commettre un tel geste se dit mon père, alors il ne mit pas d'huile sur le feu. Cette fois, nous partîmes pour de bon vers le parc.

Dès que nous fûmes arrivés, contrairement à mon habitude à cette époque, je ne voulais plus être dans la poussette. Je voulais en sortir et courir partout. Tout cela, c'était nouveau.

Dès que je fus libre, je pris la fuite vers la rivière. Mon père, sans me retenir, gardait un œil attentif sur son fils.

Je courais partout. J'étais en direction de la rivière quand, tout à coup, je m'arrêtai net à l'endroit même où les pédaleurs circulaient. Une femme appuya sur les freins tellement fort qu'elle fut catapultée par-dessus son guidon. Je ne fus pas blessé grâce à son freinage brusque, elle non plus heureusement. Elle fit une pirouette dans les airs avant d'atterrir sur la selle arrière du vélo tandem qui la précédait. La place était libre! Le monsieur qui était assis à l'avant l'avait peut-être attendue toute sa vie, car ils se marièrent l'année suivante et eurent de nombreux enfants. La vie avait encore des surprises pour ce célibataire endurci.

Mais revenons à moi. Je ne m'étais pas arrêté pour rien. Si j'avais fait un pas de plus, j'aurais écrasé une pauvre grenouille sans défense. C'était la première fois que je voyais cet animal ailleurs que dans les pages d'un livre. J'étais intrigué bien entendu. Je voulus lui toucher, mais avant même que mon doigt frôle sa peau visqueuse, elle prit la fuite en bondissant loin de moi à une vitesse inimaginable.

Peut-être pensa-t-elle que j'allais la tuer?

Je restai là quelques instants un peu déçu de sa fuite lorsque mon père me prit dans ses bras pour m'enlever du chemin que je bloquais à toute cette cohorte de rouleurs.

Il m'amena un peu plus loin vers les jeux qui avaient été aménagés pour les enfants. C'est à ce moment précis que le nom de ce parc allait prendre forme dans mon esprit.

Il y avait des balançoires de toutes sortes, des ponts, des échelles. C'était bien tout cela, mais ce qui attira mon attention, c'était les maisons surélevées qui étaient atteignables uniquement via des filets dans lesquels il fallait escalader. Je pris mon courage à deux mains et j'y grimpai. J'atteignis mon but sans problème, mon niveau de motivation étant si élevé.

J'ouvris les volets d'une des fenêtres et je saluai mon père qui était resté en bas. Celui-ci s'alluma une cigarette pour fêter mon ascension!

Toutes ces maisons surélevées allaient devenir, dans mon langage de jeune enfant, des cabanes et comme il était facile de deviner, cet endroit allait devenir le parc des cabanes. J'en étais maintenant le roi.

Je profitai de la vue du haut de ma cabane. Je n'avais jamais vu les choses sous cet angle. Une autre perspective à mon arc. J'entendis soudain des bruits qui provenaient de la rivière. J'étais content d'être dans ma cabane, mais le bruit m'intriguait tellement que je dus en descendre. Mon père m'aida à dégrimper, tâche quelquefois plus ardue que la montée.

Dès que je quittai le filet, je courus vers la

rivière. Mon père me suivait avec mon carrosse. Je m'approchai maintenant tout doucement de la source du bruit que j'entendais. De longues plantes m'empêchaient de bien voir. Mon père me les identifia, il s'agissait de quenouilles. J'étais fasciné! Il en prit une dans ses mains et me la donna. Je la regardai avec attention et la lui remis ensuite. Mon père la secoua et l'épi de la plante, brun et duveteux, se désagrégea et s'envola au vent. Je la lui repris aussitôt pour essayer à mon tour. Je trouvais cela si amusant. Cette expérience se grava profondément dans mon esprit, car durant les années suivantes de ma vie, à chaque fois que je voyais une quenouille, je me devais de la cueillir et de brasser son épi. Je n'aurai jamais compris ce que ce rituel pouvait bien m'apporter. Peut-être étais-je un maillon important dans cette chaîne de leur pollinisation à ces plantes.

Après quelques instants à profiter de ma découverte à propos de cet élément de la flore multiple qui peuplait le parc, je me retrouvai avec une tige sans épi au bout. Le bruit qui me fit venir jusque-là piqua ma curiosité à nouveau. Je m'ouvris un chemin à travers les quenouilles. L'eau qui me montait jusqu'aux genoux ne m'empêcha guère d'avancer.

Je réussis enfin à traverser ce champ de quenouilles. Je vis quelle était la nature du bruit que j'entendais, quelques instants auparavant, du haut de ma cabane. Il y avait, sur le bord de la rivière, un jeune garçon. Celui-ci devait avoir dix ans tout au plus. Il était beaucoup plus grand que moi, du haut de mes trois pommes. Cette différence me gêna, je restai donc en retrait afin d'observer ce qu'il faisait.

Dans sa main droite, il avait une poignée de cailloux plats et avec sa main gauche, il les lançait, un par un, à la surface de l'eau afin que ceux-ci y ricochent. À cette époque, je ne comprenais pas que le but recherché était le maximum de ricochets par caillou lancé. Il devait s'y pratiquer souvent à ce jeu, car certains cailloux bondissaient jusqu'à l'autre rive.

Je tentai de m'approcher encore plus près, intrigué par l'activité pratiquée par cet enfant, mais le pas en avant que je fis interpella l'oreille du lanceur de cailloux. Il s'arrêta et regarda furtivement par-dessus son épaule droite, et ensuite par-dessus la gauche, encore une fois à droite.

Il prit les cailloux qui lui restaient et les lança tous en même temps. Par une chance inouïe ou grâce à la magie de son talent, chacun d'eux se rendit, en bondissant à la surface de l'eau, jusqu'à l'autre rive sans jamais tomber au fond de la rivière.

Il prit ensuite la fuite à toute vitesse sans jamais se retourner. Je ne savais pas s'il m'avait vu.

Je ne revis jamais, par la suite, ce lanceur de cailloux.

Mes canards se délectaient. Je pouvais continuer à m'abandonner aux souvenirs que me rappelait ce parc...

Je devais maintenant être âgé d'environ dix ans. Je n'avais plus besoin de mon père et de la poussette pour aller au parc. J'étais grand maintenant! Des fois, j'y allais seul et, d'autres fois, avec mes amis. Avec eux, j'aimais jouer au base-ball. Combien de balles la rivière avait-elle avalées. Cela ne nous arrêta pas de vouloir frapper des coups de circuit!

Les jours où j'y allais seul, j'aimais toujours grimper dans ma cabane. À part l'usure normale du temps, elle n'avait pas changé d'un poil. Monter dans le filet ne représentait plus le même défi que lorsque j'étais plus jeune. J'étais vite rendu en haut.

Un beau matin où j'étais assis dans ma cabane à contempler mes billes, j'entendis un bruit au loin. On avait lancé quelque chose dans l'eau. Un gros caillou peut-être. J'ouvris les volets de l'unique fenêtre que possédait ma cabane, mais j'étais trop loin pour bien voir. Je descendis de ma cabane, par le filet, seule issue possible, et me frayai un chemin à travers le champ de quenouilles. Je pris soin d'enlever mes espadrilles avant d'aller plus loin. Les pieds dans l'eau vaseuse, j'avançais lentement pour ne pas faire de bruit.

Contrairement à ce que je pensais au départ, le bruit que j'entendais n'avait rien à voir avec un gros caillou. Il y avait un adolescent, quelques années plus vieux que moi, qui essayait de franchir la rivière avec son vélo. Il partait de très loin et pédalait à toute vitesse. Arrivé près de la rivière, il tenait son guidon fermement avant de s'élancer sur un tremplin qui m'avait tout l'air d'avoir été fabriqué à la hâte. J'étais certain que ce tremplin allait s'écrouler lorsqu'il roula dessus. Mais non, il tint le coup et le cascadeur, encore une fois, tomba à l'eau. Il n'était même pas près de réussir. L'autre rive était bien loin et je voyais mal comment il pouvait y arriver avec les moyens qu'il avait.

Il retourna à son point de départ. J'étais sûr qu'il voulait tenter le coup à nouveau. Était-il fou? Ne voyait-il pas qu'il n'avait aucune chance?

Il semblait concentré, un pied sur une pédale, l'autre au sol, le gardant en équilibre. Il visualisait peut-être son saut.

Tout à coup, il sortit de sa bulle, rebroussa chemin et quitta le parc sans tentative supplémentaire.

Je dus attendre près d'une semaine avant de revoir cet adolescent. Il avait pris les bouchées doubles. Il avait réalisé qu'il devait changer sa stratégie s'il voulait atteindre l'autre rive. Cette fois-ci, il n'était pas seul, plusieurs personnes étaient rassemblées près du tremplin et d'autres attendaient sur l'autre rive. Ceux-ci devaient avoir confiance qu'il réussirait son saut.

Le cascadeur avait apporté plusieurs modifications à son équipement. Premièrement, le tremplin ne donnait plus l'impression qu'il allait s'écrouler au moindre coup de vent. Il avait été solidifié à l'aide de plusieurs vis. Il était également plus haut, beaucoup plus haut. Une piste d'atterrissage avait été installée sur l'autre rive afin d'amortir la chute.

Le vélo maintenant. Il était muni de réacteurs et était également retenu dans un énorme lance-pierres, sorte de catapulte géante qui allait permettre à l'adolescent de gagner de la vitesse. Je me demandais si la combinaison de ces deux éléments allait le propulser sur la Lune.

Il mit son casque, précaution que peu de cascadeurs adolescents semblaient prendre. Il prit fermement le guidon de son vélo à deux mains. Il fit un signe de la tête à une personne située tout près d'un grand panneau noir. Cette personne appuya sur un des boutons de la manette qu'elle avait dans la main et toute la foule put voir le décompte des secondes affiché sur le panneau. À dix, la foule applaudit, à cinq, les réacteurs du vélo se mirent en marche, à trois, on se prépara pour la catapulte, à un, tout le monde retint son souffle et à zéro, ce fut l'envol du héros.

Les réacteurs de son vélo étaient tellement puissants que les canards qui eurent la malchance de se trouver derrière furent rôtis.

Il s'élança sur le tremplin comme une fusée. Il quitta la terre ferme et vola au-dessus de la rivière. Il n'y avait aucun doute qu'il allait la franchir. Les encouragements de la foule aidaient peut-être à le maintenir dans les airs.

Je le vis atterrir, mais les applaudissements provenant des spectateurs présents sur l'autre rivage se turent pour laisser place à un silence inquiétant. L'adolescent cascadeur avait bien réussi à traverser la rivière à l'aide de sa persévérance et de son équipement surdimensionné, mais il était malheureusement atterri trop loin. La piste d'atterrissage qu'il avait installée lui aurait permis d'amortir le choc et ainsi atterrir en douceur, mais ce fut tout autrement lorsque son vélo toucha le sol près de dix mètres plus loin.

Tout le monde retenait son souffle. Il était encore au sol et ne bougeait plus. Les gens affolés se précipitèrent près de lui afin de voir ce qui se passait. Une personne qui avait gardé son calme invita les gens excités à reculer pour laisser de l'air au cascadeur amoché. Il vérifia ses signes vitaux, son cœur battait et il respirait. Il était bien évidemment, après une telle chute, loin d'être en pleine forme, mais au moins il n'était pas parti au paradis.

Soudain, il se mit à bouger. Ses vêtements étaient déchirés et sa peau était éraflée à plusieurs endroits. Il n'avait plus son casque sur sa tête, celui-ci ayant été fendu lors de l'impact avec le sol. Je n'osais imaginer sa tête s'il avait eu la témérité d'exécuter son saut sans son casque. Il était sonné, mais fut en mesure de faire quelques pas avant d'aller s'asseoir sur un banc qui longeait la rivière. Personne ne sut si son air contemplatif était en fait un état somnolent causé par sa chute ou bien un brin de satisfaction d'avoir au moins réussi à franchir la rivière. Quoi qu'il en soit, il ne put profiter de ce paysage bien longtemps, car l'ambulance qu'on avait judicieusement appelée arriva sur les lieux et s'occupa de l'amener à l'hôpital.

Je ne sus jamais ce qui arriva par la suite à ce cascadeur. Peut-être avait-il tenté le même saut la semaine suivante? Je ne sais pas, mais j'aurais bien aimé voir ce spectacle à nouveau, sans la chute, bien évidemment!

Mes canards se délectaient toujours et moi, assis sur un banc, je me laissais bercer par les sons et les images que je pouvais percevoir. J'étais venu ici tellement souvent, mais je me réjouissais toujours de ce que cet endroit offrait à mes sens.

Mes vieux yeux se posèrent sur un individu qui fit un signe de la main au loin. Je ne savais trop si cet appel à la salutation m'était destiné, mais si ce n'était pas le cas, j'espérais que cet homme au loin n'attendait pas que mes canards lui disent le bonjour. Il n'y avait personne près de moi.

Il baissa son bras qu'il avait levé et se dirigea, selon toutes les apparences, dans ma direction. Je commençais à mieux discerner ses traits. Il était vieux, tout comme moi, mais avait malgré tout un pas sûr. Il possédait encore, malgré son âge, une chevelure bien garnie, mais entièrement blanche. Il portait des lunettes, chose peu commune dans un monde où les yeux bioniques étaient la norme.

Je le regardais avancer vers moi. J'aurais aimé encore profiter de ce brin de solitude que je m'offrais en cet après-midi ensoleillé, mais la venue de cet inconnu m'enchantait malgré tout.

Il y avait quelque chose d'étrange dans sa démarche. Un détail presque imperceptible. Sa tête semblait regarder par-dessus son épaule droite, ensuite la gauche et le manège se répétait sans cesse. Cette rotation de la tête se passait si vite que j'avais l'impression qu'il regardait droit devant lui. Je n'avais aucune idée comment il réussissait à faire cela. Je me demandais aussi pourquoi. Cela m'intriguait. Il y avait également une panoplie de miroirs installés un peu partout sur ses épaules, ses bras, ses jambes, son torse. Ces miroirs devaient couvrir tous les angles possibles!

Il finit par arriver tout près de moi. Il resta un

moment, debout, à me regarder nourrir mes canards sans dire un seul mot. Cela me mit quelque peu mal à l'aise, alors j'entrepris le dialogue et l'invitai à s'asseoir, chose qu'il sembla grandement apprécier.

- Quelle belle journée, n'est-ce pas. La rivière, les canards, tous ces gens souriants.

Il me regarda d'un œil sceptique.

- Le sourire n'est pas présent sur toutes les lèvres ici, me répondit-il.

Il me pointa les siennes comme pour me prouver que j'avais tort. Il me dévisagea longuement. En effet, il ne souriait pas, mais j'avais de la difficulté à discerner si cet individu me faisait marcher ou s'il maîtrisait mal l'art de la conversation.

J'esquissai malgré tout un sourire et poursuivis en lui donnant le nom de chacun des canards qui mangeaient près de mes pieds. Je lui offris un morceau de pain afin qu'il puisse nourrir les oiseaux avec moi, ce qu'il fit avec concentration. Soudain, il s'arrêta. Je fixais son manège qui consistait à regarder par-dessus chacune de ses épaules à une vitesse dépassant l'entendement. Il sortit finalement de sa torpeur après quelques secondes.

- Tout va bien? lui demandai-je.

- Oui, oui.

Je voyais quand même dans son regard un brin de peur.

- J'ai peut-être l'air fou, mon cher monsieur, mais les apparences sont trompeuses. Malgré que je sois ardemment recherché, je vous proposerais, si vous le vouliez bien, d'écouter mon histoire. J'ai toujours du temps pour ça.

J'acceptai son offre avec enchantement. Je voulais mieux connaître mon interlocuteur qui était assis sur le même banc que moi.

Il prit un morceau de pain qu'il mangea au lieu de le donner aux canards et prit une gorgée d'une bouteille qu'il sortit d'une valise qu'il avait avec lui et débuta son récit.

Partie 2

La vie tumultueuse de Franky Bond

6

L'art des ricochets

Si vous pensez bien connaître ce parc, vous vous trompez royalement. Vous êtes là assis sur ce banc à nourrir vos canards, c'est bien beau tout cela, mais si je vous demandais de fermer les yeux pour un moment, je suis persuadé que vous ne seriez même pas en mesure de me dire de quelles couleurs ils sont. Seriez-vous également capable de me dire si l'eau de la rivière, à l'heure actuelle, descend vers l'embouchure du fleuve ou bien remonte vers sa source. Et ces gens, promeneurs éphémères, que vous trouvez si souriants, savez-vous leur nom? Connaissez-vous une partie de leur vie? Ne me répondez pas, cela n'en vaut pas la peine, je connais déjà la réponse. Ne vous inquiétez pas, je n'oserais vous juger pour ces quelques inattentions, je serais tel que vous l'êtes si on m'avait offert votre destin.

Je ne veux pas affirmer que votre vie a été facile, loin de là, mais j'aurais tendance à dire que la mienne a été plutôt difficile. Demandez-moi de fermer les yeux et je vous décrirais ce parc jusque dans ces moindres recoins. J'y suis venu si souvent pour me cacher!

Vous êtes un visiteur ici, mais moi, j'y habite. Je mange et dors ici depuis tant d'années. Ma maison est en carton et je n'ai qu'une paire de pantalon. J'ai réussi à survivre malgré tout, même si la mort a voulu me prendre si souvent. Regardez, je suis si vieux, mais j'ai encore la forme. Elle ne m'attrapera peut-être jamais. Vous êtes vieux, vous aussi, je vous félicite. Ce n'est pas tout le monde qui lui échappe avant la vieillesse.

Attendez, je sens quelque chose... Fausse alerte. Je vois bien que vous vous demandez ce que je faisais à l'instant. J'ai peut-être l'air fou, mais cela prend du génie pour inventer une telle machine. Vous voyez, je détesterais me faire surprendre par la mort, alors j'ai créé de toutes pièces cet attirail qui me permet de regarder derrière moi à tout moment. Ne pensez surtout pas que tout cela est inutile, il faut être rapide comme l'éclair pour s'assurer qu'elle ne se cache pas dans notre dos. Elle n'est pas stupide. Vous auriez beau regarder par-dessus votre épaule droite, elle se cachera à gauche. Changez d'épaule et elle se déplacera, mais utilisez ma machine et elle ne saura plus où se cacher, car vous serez plus rapide qu'elle. À gauche, à droite, encore et encore, sa persévérance a des limites. Elle aussi est assujettie à la loi du moindre effort.

Je pourrais vous en fabriquer une si vous voulez. Celle-ci, je ne peux la prêter, car elle m'est parfaitement ajustée. Elle doit l'être pour éviter les torticolis. De toute façon, même si nous avions une taille semblable, j'éviterais de l'enlever. Je la porte en tout temps sauf lorsque je dors. J'ai bien dit lorsque je dors, car je la porte même dans mon lit. Malgré ma nature anxieuse assez apparente, j'ai l'habitude de m'endormir assez rapidement, mais pendant les quelques minutes où je suis encore réveillé, je ne voudrais pas qu'elle me surprenne. Elle peut venir pendant mon sommeil, cela m'est égal, du moins elle ne me surprendra pas. La machine est donc programmée pour se retirer lorsque je tombe endormi et se remettre en place au réveil.

J'ai peut-être une peur bleue de la mort, qui sait, mais ce n'est pas seulement cela. Tout le monde peut mourir, personne n'a jamais raté son coup! De mon côté, toute ma vie, j'ai cherché à réussir quelque chose que personne d'autre n'avait été capable de faire. Peut-être y arriverai-je? Je ne sais pas. Des jours, ma machine me pèse lourd, je trouve cela inutile, mais je continue de m'y accrocher.

J'espère ne pas vous importuner, mais il semble vous rester encore bien des miettes de pain dans ce sac et vos canards ne semblent pas être repus, alors j'en profiterai pour vous raconter mon histoire. Je ne sens pas la même écoute chez tous les gens que je rencontre. Pour être honnête, j'ai la vague impression de vous avoir déjà rencontré. Vous étiez plus jeune. Je ne suis pas sûr. Peut-être que cela me reviendra.

Je n'ai pas l'habitude de m'arrêter ainsi et de raconter mon histoire. Je ne suis pas fou, enfin un peu, mais un brin de folie, c'est bien, n'est-ce pas?

Je sais que j'ai l'air bizarre, cet air me colle à la peau depuis tant d'années. Alors les gens ne sont pas tous prêts à écouter quelqu'un dans mon genre. Je pourrais leur dire que l'habit ne fait pas le moine, mais ce genre d'expression, personne n'y croit vraiment lorsqu'on est réellement en face du moine en question. Tout un moineau, je dois dire, je suis aisément capable d'autocritique, ceci vous évitera de gaspiller votre salive pour débiter les vôtres.

Mon histoire avec ce parc commence à dix ans. J'aurais bien aimé avant, mais je devais rester à la maison. Mon père était absent, en fait, je ne l'ai jamais connu et ma mère travaillait tout le temps ou bien sortait au gré du vent. Elle non plus, je ne pense pas l'avoir réellement connue. J'allais à l'école le jour et je restais assis devant la télé toute la soirée. Je n'avais pas d'amis et la seule façon que j'avais trouvée pour qu'on me respecte, c'était de faire le méchant. Plus facile ainsi même si ce n'était pas ma réelle nature, car être gentil n'a jamais eu la cote dans la cour d'école.

Nul ne se doutait donc que la personne qui excellait le plus dans la classe, c'était moi. Toutes

ces choses que j'apprenais, je n'avais pas droit à cela
à la maison, alors je me reprenais à l'école. Je
faisais le dur, pas le clown, alors dans la classe
j'écoutais attentivement et je peux vous dire qu'on
me foutait la paix. Bien des embûches sur mon
parcours m'ont amené à vivre dans ce parc, mais
l'illettrisme n'en fait pas partie.

Alors comme je disais, je vins dans ce parc
pour la première fois à dix ans. J'habitais avec ma
mère dans un appartement pas très loin d'ici. Je
pouvais donc venir à pied ou à vélo. Qu'il était beau
ce parc. Quel dommage que j'étais déjà trop vieux
pour apprécier tous les jeux qui avaient été
aménagés pour les enfants. J'aurais aimé les
découvrir bien avant. En plus, j'étais seul. Pas
d'amis avec qui jouer au base-ball ou au frisbee. Il
n'y avait que moi et cela commençait à m'ennuyer
beaucoup.

Après avoir essayé plusieurs activités, mon
attention s'est rapidement portée sur l'art des
ricochets. Le jeu paraît simple, mais il y a beaucoup
de paramètres à prendre en considération. Moi, je
voulais devenir le maître de ce jeu et, pour ce faire,

il était essentiel que je respecte les quelques règles de base. La rivière était un beau cours d'eau pour pratiquer cet art, pas parfait, mais son courant et ses vaguelettes représentaient des défis supplémentaires.

Je m'aperçus rapidement que les gros cailloux coulaient au fond de l'eau sans avoir fait un seul ricochet. Les petits, ce n'était pas mieux. Ce qu'il fallait, c'était un galet plat et pas trop petit. Il fallait que je le lance le plus vite possible en le faisant tourner sur lui-même. Chaque lancer était unique. Il n'y avait pas un galet identique et la force avec laquelle je lançais la pierre était légèrement différente à chaque lancer. La rivière, elle aussi, bougeait!

Je me suis rendu compte de tout cela avec la pratique. Cela paraît évident au premier abord, mais les plus curieux se sont intéressés au pourquoi derrière ces ricochets à la surface de l'eau. Derrière l'intuition, il y a la raison. Elles vont si bien ensemble! Des scientifiques, à différentes époques, ont tenté de comprendre le phénomène. Je vous épargnerai toutes les explications techniques de la chose, mais tout comme moi qui ignorais tout de la physique, les plus grands cerveaux ont, eux aussi, conclu que le galet devait être plat, pas trop petit et devait être lancé le plus vite possible en tournant sur lui-même.

Après plusieurs journées à pratiquer l'art des ricochets cet été-là, j'en suis devenu un maître invétéré. Je réglai le mouvement de mes muscles afin que chaque lancer soit optimal. Mes galets pouvaient aisément traverser la rivière et aller s'échouer sur l'autre rive. Sans exagérer, je pense qu'un de mes galets aurait pu traverser l'océan si on m'avait donné la chance de voir cette majestueuse étendue d'eau à cette époque. Je pouvais en lancer des pelletées et aucun ne coulait au fond. Vous connaissez le record du monde? Trente-huit ricochets! Vous semblez époustouflé, mais j'ai battu ce nombre à plusieurs reprises. C'est juste que le jeune enfant solitaire que j'étais n'a jamais pu le prouver.

Hélas, l'art du ricochet est devenu, au fil du temps, routinier pour moi. Il n'y avait plus de défi. Je continuais malgré tout, jour après jour, à venir sur le bord de la rivière pour lancer des galets à la surface de l'eau. Je n'avais pas d'amis, que vouliez-vous que je fasse d'autre?

Je m'ennuyais à mourir, rien de moins, et cette expression n'est pas banale. Cherchez un peu et vous trouverez tout plein d'études qui prouvent que les gens qui s'ennuient augmentent leur risque de mourir!

Un jour où je m'ennuyais particulièrement, j'entendis un bruit derrière moi provenant d'un champ de quenouilles. Je fus effrayé par ce bruit. Je ne pus même pas identifier sa source. Je n'avais pas aimé qu'on essaie de me surprendre ainsi. Alors, sans même me retourner, je déguerpis des lieux en courant le plus vite que je pouvais. L'art des ricochets, c'était fini pour moi. Événement assez banal, vous pensez peut-être, mais ce bruit dans les quenouilles me traumatisa au plus haut point. Je ne remis plus les pieds dans ce parc pendant plusieurs années par la suite.

7

Quand il n'y a pas de pont pour traverser la rivière

Après plusieurs années à faire le dur à cuire, je me suis dit que je devais retirer ma carapace. J'étais en plein dans l'adolescence et je ressentais encore plus fort le besoin d'avoir des amis. Je pense que je ne pouvais être gentil du jour au lendemain, j'avais fait le méchant si longtemps. On aurait douté de l'authenticité d'un tel changement même si la gentillesse était ma vraie nature.

J'optai donc pour une autre stratégie, je devins casse-cou. Je voyais bien que les sportifs avaient la cote et je voulais les surpasser. J'amenai donc le sport à un niveau extrême! Je décidai également de ne plus être méchant ni devenir gentil, mais je me donnai un air d'indifférence, indifférent à tout même à la mort. De toute façon, je ne pouvais pas réellement m'en faire avec elle, car j'étais convaincu que je n'y étais pas assujetti.

Je commençai par des cascades faciles au début. Filer en vélo à toute allure pour ensuite lâcher le guidon. Pas très difficile, mais on ne réussit quand même pas du premier coup. J'augmentai ensuite le niveau de difficulté. Je roulais sur une roue ou bien debout sur le vélo à toute vitesse. Tout cela, c'est uniquement ce que je faisais avec un vélo. Il s'agissait d'un accessoire parmi tant d'autres. C'était mon préféré malgré tout.

Un jour, je me donnai comme objectif de traverser la rivière en vélo. Vous la voyez bien, la rivière? L'autre rive n'est pas accessible facilement. C'était un projet fou, mes chances de réussite étaient nulles avec un simple vélo. J'aurais bien pu trouver un vélo ayant une forme propice à ricocher à la surface de l'eau, à la manière d'un galet, mais cela ne servait à rien de creuser dans cette direction.

Après plusieurs vaines tentatives, je me rendis bien compte qu'il me fallait plus de puissance. Je devais également solidifier la rampe de lancement. La première version était construite avec le bois que j'avais pu trouver. Je n'avais même pas mis de vis ou de clous pour faire tenir les morceaux ensemble. À chaque fois que je passais dessus, tout voulait s'effondrer. Et moi, à chaque fois, je finissais au fond de la rivière complètement mouillé. En ce début d'été, l'eau de la rivière n'était pas particulièrement chaude. Plus j'y tombais, plus mon niveau d'énergie baissait et mes mains n'avaient plus la même force pour tenir le guidon.

Je voulus faire une dernière tentative avant de rentrer, mais mon corps ne voulait plus rien savoir. Je grelottais et je n'étais plus capable de bouger mes doigts. Je visualisai malgré tout le saut une dernière fois dans ma tête et tentai de me rappeler toutes les choses qui devraient être améliorées pour la prochaine fois. Après cela, je quittai le parc avec la ferme intention de revenir, prêt pour le grand saut.

Je revins quelques jours plus tard. J'avais solidifié la rampe de lancement et installé une piste d'atterrissage sur l'autre rive afin d'amortir ma chute. Mon vélo était maintenant muni de réacteurs. La seule raison pourquoi j'avais laissé les pédales sur le vélo était pour l'atterrissage, car celles-ci ne serviraient pas pour le décollage. J'avais assez de puissance derrière pour faire griller un poulailler en entier, nul besoin de pédaler.

J'avais également amené bien du monde, enfin, ils s'étaient déplacés par eux-mêmes, mais il avait bien fallu que ma bouche sème la nouvelle dans la première oreille à l'écoute. Je n'étais pas du tout du genre à monter sur la scène pour annoncer à tous le défi que je m'apprêtais à relever, alors je dus me plier aux inconvénients du téléphone arabe. Peut-être qu'il y avait, parmi la foule, bien des gens qui étaient venus pour voir quelque chose de bien différent d'un saut en vélo au-dessus d'une rivière. Il était difficile d'estimer le nombre de spectateurs ce jour-là, mais je suis certain que je battais le record mondial du téléphone arabe. Il y en avait beaucoup plus que six cents. Plusieurs s'étaient entassés près du tremplin tandis que d'autres avaient traversé de l'autre côté pour voir l'atterrissage de près.

Je dois dire que j'appréciais cette popularité soudaine, cela faisait changement des années de solitude que j'avais connues auparavant. J'avais peur, mais avec cette foule en délire, bien évidemment, il n'y avait aucune façon pour moi de m'éclipser si, à la dernière minute, j'avais envie de me dégonfler. Je n'étais pas un cascadeur professionnel. Il n'y avait aucun calcul dans le risque que je m'apprêtais à prendre. J'étais un adolescent invincible et invisible aux yeux de la faucheuse. J'étais celui qui ne pouvait mourir!

Je ne pouvais rebrousser chemin. Je fis donc un signe de la tête à une connaissance que je connaissais peu. Celle-ci s'était portée volontaire pour animer la foule. Elle mit en marche l'énorme panneau sur lequel un décompte s'amorça. Elle invita la foule à compter en chœur. Les dix secondes qu'on me laissa furent suffisantes pour préparer mon saut.

L'élastique de la catapulte géante dans laquelle je me trouvais fut étiré à son maximum. Au moment opportun, cet élastique allait être relâché afin de me propulser le plus rapidement possible vers le tremplin. C'était sans compter les réacteurs que j'avais fixés à mon vélo et que je mis en marche. Les oiseaux qui se trouvèrent derrière à ce moment furent brûlés sur le cou, et partout ailleurs sur leur petit corps. Moi qui aimais tant la nature, je ne pus m'attendrir devant le triste sort de ces canards grillés, je devais rester concentré, dans ma bulle, loin de tout, près du but.

Lorsque celui qui s'était proposé pour animer la foule vit le chiffre trois apparaître sur le tableau lumineux que j'avais emprunté à l'équipe de base-ball professionnelle locale, il mit la main dans son dos et sortit un pistolet de son pantalon. À deux, il pointa l'arme vers le ciel et à un, il appuya sur la détente.

Les réacteurs installés sur mon vélo ainsi que la catapulte dans laquelle je me trouvais me propulsèrent vers l'avant à une vitesse fulgurante. Je pense avoir réussi à dépasser le mur du son pendant quelques instants, mais je ne suis pas sûr du tout, car à partir de là, ce fut le black-out total.

J'aurais bien aimé me rappeler les quelques secondes que dura mon vol au-dessus de la rivière, mais j'en suis incapable. Ce n'est pas toujours évident, même encore aujourd'hui. Prenez un livre et arrachez certaines pages. L'histoire peut quand même se lire aisément, mais il en manquera toujours bien un bout.

Alors, si je peux me permettre de supposer, le survol de la rivière devait être excitant. Le soleil de cette chaude journée réchauffant mon visage. Une légère brise. Les oiseaux près de moi. J'essaie de l'imaginer, mais je n'ai pas accès à ces souvenirs.

On dit qu'il n'y a pas de médaille assez mince pour n'avoir qu'une seule face. Je ne me rappelle pas de cette envolée, dommage, mais je ne me souviens pas non plus de la chute qui a suivi et c'est tant mieux. Je n'ai eu aucun problème à franchir la rivière, ce défi, je l'ai relevé haut la main, mais je suis atterri beaucoup trop loin. Je n'ai pas atterri là où je devais et je suis monté beaucoup trop haut pour atterrir à plat. Ce fut une catastrophe. Comme un galet à la surface de l'eau, j'ai fait plusieurs bonds avant de m'immobiliser, joue contre terre, plusieurs mètres plus loin. Il paraît que je suis resté au sol, sans bouger, pendant quelques minutes. La première réaction de la foule fut le silence. On pensait que j'étais mort. Mais dès mes premiers mouvements, on se rua autour de moi. Un bon samaritain repoussa le foule afin que je puisse respirer aisément. J'avais besoin d'air.

Le casque que je portais ce jour-là n'était même plus sur ma tête. On le trouva bien loin de l'endroit où j'étais tombé, fendu en deux, complètement. Il paraît que j'ai réussi à me relever et que je suis allé m'asseoir sur un banc. Je marmonnais des choses incompréhensibles. Lorsque l'ambulance arriva, je délirais complètement. Tout était drôle. Mes vêtements avaient beau être en lambeaux et ensanglantés, je riais comme un fou. Ce traumatisme crânien avait brouillé certaines zones de mon cerveau et encore aujourd'hui, je ne pense pas m'en être remis.

À part les blessures apparentes, cet accident provoqua d'autres changements chez moi, ceux-là beaucoup moins perceptibles. Je n'avais plus la même certitude en mon invincibilité. Je ne croyais pas non plus que j'allais mourir demain. Je levais encore le nez devant l'enterrement des vieillards de la famille, mais j'avais cette étrange impression que je n'étais pas infaillible.

Ma chute avait également provoqué une

anomalie physique assez importante. Les médecins ne savaient même pas quelle zone du cerveau avait été touchée pour que mon corps réagisse ainsi. Les moments de stress intense provoquaient chez moi une sudation excessive. L'hyperhidrose est le terme exact, mais en pire. Du jamais vu pour tous les docteurs qui ont étudié mon cas. Je me liquéfiais presque. Cela avait ses avantages, je pouvais filer entre les doigts de mes assaillants très facilement. Cela m'évitait de leur casser la gueule, ils se la cassaient eux-mêmes en essayant de m'attraper. Je dois dire qu'après cette chute en vélo, des combats, je dus en mener de nombreux et pas seulement avec mes camarades de classe. Peut-être n'étais-je tout simplement pas né sous une bonne étoile?

Pour masquer les symptômes de ma nouvelle maladie, je dus à chaque jour m'injecter un produit neurolytique entre les vertèbres de mon dos. Je devais le faire moi-même. Mon accident n'avait pas provoqué chez ma mère un regain d'attention pour son fils. Je poursuivis ce traitement pendant de longues années et, un jour, j'égarai ma seringue avec laquelle j'avais l'habitude de m'injecter mon médicament et jamais je ne l'ai retrouvée. Et c'était tant mieux. Je pus enfin retrouver la liberté que j'avais de pouvoir me sortir de situations désespérées. En plus, avec ce cocktail chimique, j'étais incapable de suer. Pire, je ne pouvais même pas pleurer.

Le soir de la première journée sans mon médicament, je vins m'asseoir sur un banc dans ce parc, peut-être sur celui-là même où vous êtes présentement assis et je contemplai la rivière. Elle était calme et on pouvait voir le reflet de la pleine lune à sa surface. Il y avait quelques marcheurs nocturnes qui passaient devant moi et d'autres flâneurs qui riaient au loin. Un musicien amateur était assis derrière un piano que des urbanistes excentriques avaient installé là. Ils avaient bien fait, ce musicien n'avait d'amateur que le nom. Il jouait si bien, en plus avec ce décor que j'aimais tant. Toutes les larmes qui avaient été réprimées par mon médicament explosèrent et je pus enfin goûter à la joie de pleurer. Cela me fit du bien.

La perte de ma seringue était anodine. La conséquence fut grandiose.

8

La naissance du poète

Cet accident fut un événement marquant dans ma vie. Outre ma sudation excessive, j'avais souvent l'impression qu'il y avait quelqu'un ou quelque chose dans mon dos. Cela est difficile à expliquer, mais mes moments de quiétude furent très rares à partir de ce moment.

Cet état paranoïaque provoqua chez moi un stress immense. En classe, je glissais de ma chaise et tombais souvent par terre à cause de ma sudation excessive. J'étais la risée de mes camarades. On avait vite oublié le cascadeur qui n'avait peur de rien. Tout ce qui monte doit redescendre, je suppose.

Je préférais malgré tout leurs rires à la pitié dont ils auraient pu faire preuve. Même si je n'étais pas du genre à m'apitoyer sur mon sort, je dus malgré tout accepter de consommer mon médicament à tous les jours. Les symptômes furent réprimés, je ne glissais plus sur ma chaise, mais le mal était fait. Faute de sudation extrême, on s'arrangea quand même pour que je tombe de ma chaise. Bien souvent, on sciait une des pattes et mes fesses se retrouvaient au sol.

Personne ne m'aida. Des parents absents, une santé fragile, pas d'amis. Je m'étais battu pendant plusieurs années pour tenter de rester accroché à l'arbre. Je pense avoir été solide, mais telle une force automnale, la vie m'envoya au tapis. Je décrochai et, comme une feuille, j'errai au gré du vent.

J'aurais eu toutes les capacités nécessaires pour étudier à l'université dans n'importe quel domaine. Me trouver un boulot palpitant à la hauteur de mon talent, mais le destin en décida autrement.

Dès que j'eus seize ans, je quittai l'appartement de ma mère. Elle n'a même pas pleuré. Pour trouver un peu de réconfort, je supposai que ma mère souffrait elle aussi d'hyperhidrose et que le médicament qu'elle devait prendre, tout comme moi, l'empêchait de pleurer. Elle mourut quelques années plus tard sans jamais m'avoir adressé la parole à nouveau.

C'était quand même ma mère, je n'étais pas indifférent face à sa mort.

On m'appela pour me demander si je voulais organiser des funérailles. Je n'aurais même pas su qui inviter, alors il n'y eut aucune cérémonie. Ma mère n'avait aucun testament et j'étais son seul enfant. J'étais sans le sou, je n'avais pas les moyens de la mettre en terre.

J'appelai donc la faculté de médecine de l'université afin de donner son corps à la science. Ma mère put enfin se rendre utile.

J'avais deux jours pour vider l'appartement que ma mère habitait. Il n'y avait pas grand-chose. Je trouvai des dessins que j'avais faits à l'école et que je lui avais offerts. Moi qui pensais qu'elle les jetait. De nombreuses photos d'elle et moi ensemble garnissaient un journal qui n'était plus intime au moment où je l'ouvris. Elle m'aimait peut-être après tout. Je gardai les quelques meubles et les apportai à mon propre appartement. Je pourrais enfin dormir dans un vrai lit.

Un soir, je reçus un ami à mon appartement. En fait, il s'agissait plus d'un client que d'un ami, mais je suppose qu'il éprouvait une certaine amitié envers moi à cause du produit que je lui vendais. J'écoulais de la morphine à cette époque pour payer mon loyer. Comme à l'habitude et comme la plupart des clients qui fréquentaient mon salon, il se mit à son aise en prenant pour acquis que ses sales pieds pouvaient aller se poser sur ma table à café, celle qui appartenait à ma mère auparavant. Je l'écoutais débiter sa salade, satisfait et complaisant. Est toujours heureux celui qui sait qu'il comblera son envie.

Avant qu'il ne s'injecte la puissante drogue dans une des veines de son bras, il raconta une histoire qui attira mon attention. Ce junkie était étudiant en médecine. Finissant de surcroît! Il me parla du cours d'anatomie auquel il avait assisté durant la journée. Il avait travaillé sur un corps que la morgue lui avait gracieusement offert et il devait étudier le cas et noter ses trouvailles.

Il me dit que le cadavre était celui d'une femme et confia plusieurs autres détails. Selon toutes les apparences, il était en train de décrire ma mère, ce qu'il en restait bien évidemment. Il était très embarrassant pour moi de savoir que cet individu que je n'estimais point avait coupé en morceaux celle qui m'avait donné la vie. La fin de son histoire mit un peu de baume sur ma blessure.

Il me dit qu'il avait, grâce à plusieurs méthodes d'analyse, découvert que cette femme, de son vivant, souffrait d'anhidrose sévère. Elle ne pouvait suer ni pleurer. Tout le contraire de moi! Au moment où il me paya sa dose, je le remerciai infiniment. Pas pour l'argent qu'il me remit alors, mais pour ce détail si anodin à ses yeux, mais si important aux miens.

Je ne pouvais pas prouver que la femme dont il parlait était bel et bien ma mère ni si la maladie dont elle souffrait était la cause de son manque de tendresse à mon égard, mais je poursuivis mon parcours en prenant pour acquis que tout cela n'était pas le fruit du hasard.

Je pus enfin mettre un peu de joie dans ma vie.

Cette émotion à laquelle je n'avais pas goûtée depuis si longtemps vint se mélanger à la tristesse qui m'habitait et provoqua chez moi un regain de vitalité. J'avais le blues, mais rien ne sortait. Cette étincelle, cet additif à mon carburant me permit d'extérioriser cette boule que j'avais dans le ventre. Je pris celle-ci et la déroulai comme une pelote de laine.

Je devins poète et tricotai des milliers de vers durant les années qui suivirent.

9

Le premier mouton

Je pris très à cœur mon nouveau rôle de poète. Je pratiquai cet art avec tout le perfectionnisme dont j'étais capable. Lorsque je fus prêt, je présentai le résultat de ma plume dans les différents cafés qui peuplaient les alentours du parc dans lequel nous nous trouvons. Plusieurs aimèrent, d'autres détestèrent, cela fait partie du jeu. Les commentaires positifs que je reçus m'encouragèrent à poursuivre et à peaufiner mon art.

J'arrivai à dénicher quelques contrats pour présenter oralement mes poèmes dans des soirées de poésie. Je réussis également à vendre mes écrits. Mes plus grandes rentrées d'argent provinrent de ceux ayant besoin d'un souffleur, tel Cyrano de Bergerac, lorsqu'ils courtisaient une femme. C'était beaucoup plus simple qu'au dix-septième siècle. Les prétendants que j'aidais ne se présentaient pas au balcon de celle à qui ils voulaient déclarer leur amour. Rien à voir avec cela. Je m'assoyais à côté de celui dénudé de poésie et je lui dictais quoi mettre dans le texto qu'il envoyait à sa nouvelle flamme. C'était la nouvelle façon de faire.

Tout cela était bien intéressant, mais mes revenus étaient maigres. Je ne vendais plus de morphine depuis quelque temps déjà et je devais trouver un moyen de faire de l'argent. Il n'était pas question que je ne paie pas le loyer. Jamais! J'étais fier et persuadé que je trouverais une solution.

Un jour où je griffonnais des dessins sur une feuille de papier dans un café où j'avais l'habitude de présenter mes œuvres, j'entendis une voix par-dessus mon épaule. Je fis un saut, ma paranoïa n'était pas disparue. Je me retournai aussi vite que l'éclair pour rapidement me calmer et m'apercevoir qu'il s'agissait d'un homme à qui je rendais service avec ma poésie. Je me demande s'il aurait eu autant de succès sans mes mots celui-là.

Il trouvait que mes dessins étaient très beaux.

Il m'en pointa un en particulier et me demanda si je pouvais lui faire sur le bras. Je ne comprenais pas trop sur le coup, mais après une fraction de seconde, je réalisai qu'il voulait un tatouage. J'étais flatté, mais je n'avais aucune expérience en la matière.

Je voyais bien que cet art pourrait m'aider à payer mes factures, mais je me devais d'être à la hauteur. Il n'était donc pas question que je tatoue sur le champ cet homme. Je devais pratiquer et pratiquer avant d'arriver à un résultat qui puisse amener le premier client à me référer d'autres clients et ainsi de suite.

Je n'avais pas les moyens d'acheter l'équipement nécessaire à celui qui désire tatouer. Je pris alors le premier instrument qui me tomba entre les mains.

Un matin, le pain que j'avais mis dans mon grille-pain resta coincé. Je n'arrivais pas à attraper la tranche avec mes doigts, elle était trop loin. Je débranchai l'appareil et pris un ustensile pour tenter d'y retirer mon petit déjeuner. Je pensais réussir facilement, mais plus je voulais attraper la tranche, plus elle se sauvait. Elle ne voulait peut-être pas être dévorée?

Ma persévérance, ou bien ma persistance à vouloir aller dans le mauvais sens serait plus juste, m'empêcha de voir que le bout de mon ustensile resta accroché à la broche du grille-pain. Moi qui croyais que je tenais la tranche de pain, je tirai de toutes mes forces. Le pain n'eut d'autre choix que de sortir, mais la broche vint avec. Ce fut la dernière fois de ma vie que je mangeai une tranche de pain rôtie. Je restai quelques instants à fixer le petit électroménager en mangeant tristement ma rôtie. Je me demandais bien comment je le réparerais.

Au moment où je voulus mettre la main sur la broche pour tenter une réparation, je remarquai que celle-ci était tombée dans l'encrier que j'avais déposé sur la table de cuisine. Cet encrier, je l'avais déposé là, car j'avais l'habitude d'écrire mes poèmes avec une plume que je trempais dans l'encre. J'aurais bien pu prendre un stylo ou un ordinateur, si au moins j'en avais eu un, mais je trouvais cette méthode élégante, tout simplement.

Par une chance inouïe, la broche atterrit dans l'encrier sans le faire tomber et sans qu'aucune goutte d'encre ne soit répandue sur la table. Un plongeon parfait, une entrée à l'encre chinoise, sans éclaboussures!

Peut-être que ma découverte était moins grandiose que celle d'Archimède lorsqu'il sortit de son bain, mais tout comme lui, je criai Eurêka. J'avais trouvé l'instrument qui me permettrait de tatouer. Il me suffisait maintenant de trouver un cobaye. Pas facile! Je n'avais aucune réputation et l'équipement que j'allais utiliser pour tatouer n'inspirait pas confiance. Moi-même, je ne voulais pas être le premier.

Un jour où je me promenais bien loin d'ici, tout près des montagnes, où on se rappelle encore que les légumes poussent dans la terre et que la viande qu'on mange provient des animaux qu'on tue, j'entendis un bruit provenant du champ qui longeait la route. Je le reconnus aussitôt. Il s'agissait du bêlement d'un mouton. Il semblait m'interpeller pour une raison que j'ignorais encore à ce moment. Il me regardait fixement. Tout à coup, il fit un mouvement avec sa tête. Il avança son cou et pointa son museau vers mon sac bandoulière.

Je ne comprenais pas. Le mouton semblait déçu de mon incompréhension. Je le vis soupirer, rien de moins. Il recommença son manège. J'ouvris mon sac et en sortis une barre de chocolat. J'ouvris l'emballage et voulus approcher la friandise près de la gueule de l'animal. Peut-être avait-il faim?

Je sus assez vite qu'il n'avait rien à faire de cette barre de chocolat. Il se donna un élan et, d'un coup de tête, envoya la barre à plusieurs mètres dans le pré. Il me regarda fixement à nouveau. Il fit encore un signe de tête, mais cette fois, vers la plaine herbeuse qu'il habitait. Je compris alors qu'il avait toute la nourriture dont il avait besoin. Ce mouton me parlait vraiment!

Il semblait content que je le comprenne. Il pointa mon sac avec son museau à nouveau. Je l'ouvris. Il ne restait pas grand-chose à l'intérieur. Je voyageais plutôt léger.

Le mouton se tourna et me montra son profil. Il se dandina un peu. Il me regarda. Je sortis la broche de mon grille-pain du sac, je vis légèrement les dents du mouton comme s'il tentait d'esquisser un sourire. Je sortis également l'encrier, et là, il n'y avait pas de doute, l'animal souriait à pleines dents. Il jubilait. Moi donc, je venais de trouver mon premier cobaye!

Ce mouton était frais tondu. Quelle chance!

Et si je ratais mon coup, pas de souci, la laine repousserait et pourrait cacher le tatouage si celui-ci était mal réussi. Je pris donc mon courage à deux mains et entrepris mon travail. L'animal docile ne broncha pas une seconde pendant tout le temps où je lui enfonçais la broche de grille-pain dans l'épiderme de son flanc gauche.

Après deux heures, l'œuvre était finie. J'étais satisfait du résultat et j'espérais que le mouton l'était aussi. Il me fixa quelques instants et partit ensuite rejoindre les siens plus loin dans le pâturage. Tous les moutons s'attroupèrent autour de lui pour regarder le tatouage qu'il arborait avec fierté. Ils bêlèrent en chœur.

Un à un, ils vinrent vers moi. Tous les moutons voulaient un tatouage. Il s'agissait pour moi d'une belle occasion de peaufiner mon art. Je me mis au travail. Je ne me rappelle plus combien de temps tout cela a bien pu durer, mais il est certain que je suis resté là près de deux jours entiers.

J'étais enfin prêt.

Je me fis rapidement une excellente réputation dans le domaine. La qualité de mes œuvres compensait largement pour mon équipement amateur. Tous voulaient se faire tatouer par ma broche. Moi-même, j'étais un client régulier de celle-ci. Aujourd'hui, mon corps en entier est recouvert de tatouages.

Je travaillais tout le temps. C'était bien tout cela. Je pouvais enfin manger autre chose que du macaroni au fromage et j'avais maintenant une télé!

J'avais un rythme de vie qui me plaisait. On m'invitait souvent au restaurant pour partager un repas avec moi. On me reconnaissait lorsqu'on me croisait sur le trottoir. Je ne faisais pas la couverture des magazines, mais j'étais une vedette dans les rues de la ville.

C'était bon de se faire aimer.

Mais vous connaissez le proverbe, toute bonne chose a une fin. Dans mon cas, ce ne fut pas un déclin interminable. Heureusement, car passer par toutes les étapes entre être une star et ne plus être une star doit avoir un goût amer. Non, pour moi, ce fut plutôt une descente abrupte, comme si je naviguais sur une rivière et que je ne voyais pas la chute vers laquelle je me dirigeais.

Lorsque je constatai que je n'étais plus sur mon radeau, j'avais déjà quitté les remous de la chute et le courant m'amenait vers le fleuve et l'océan ensuite. Là, dans cette vaste étendue, je redeviendrais un inconnu qu'on peut vite oublier lorsqu'on le croise.

<h1 style="text-align:center">10</h1>

La mort aux trousses

Ce matin-là, comme bien des matins précédents, je me levai du bon pied. J'avais plein de bonnes raisons de me lever. Il faisait beau et j'avais très envie d'aller simplement m'allonger sur l'herbe au parc près de chez moi. J'avais également un rendez-vous en soirée avec une femme qui voulait se faire tatouer par ma broche. Je m'arrangerais pour sentir bon, au cas où.

J'allai à la salle de bain pour ma routine matinale. J'ouvris la lumière et fis face au miroir. Rien n'avait changé depuis hier, la personne que je voyais en face de moi était toujours la même. C'était plutôt rassurant!

Je baissai les yeux et remarquai qu'une araignée se promenait à mes pieds. Je me refusai à écraser cet insecte. Je me rappelais très bien avoir appris à l'école que l'araignée était un insecte utile qui se nourrissait de d'autres insectes, ces derniers pouvant être des parasites nuisibles. De plus, j'évitais la facilité et mettre le pied sur cette bibitte pour mettre fin à sa vie me semblait trop facile comme geste. J'ai toujours cru à l'effort et, dans ce cas-ci, c'était de me pencher et de prendre l'araignée entre mes deux paumes pour la déposer sur le balcon dehors. Je n'allais pas la laisser là, à l'intérieur, c'était chez moi après tout, pas chez elle.

Je me baissai alors pour prendre l'insecte et au moment même où mes genoux fléchirent et mon dos courba, un fort bruit se fit entendre et une fraction de seconde plus tard, le miroir dans lequel je me regardais quelques instants plus tôt se brisa en mille morceaux.

Restez bien assis sur votre banc, ne vous levez pas, vous pourriez tomber, car la suite des choses peut surprendre.

Dans un des éclats du miroir brisé, je vis la mort. La mienne en tout cas. Elle était là, pensant que c'était mon heure. Contrairement à l'image qu'on voit très souvent, il ne s'agissait pas d'un squelette vêtu d'un manteau noir à capuche et muni d'une faux. Ce que j'ai vu, moi, avait plutôt l'air d'une grenouille, un crapaud peut-être.

Si je ne m'étais pas penché, j'aurais reçu une balle dans la tête. Ce morbide amphibien devait attendre rien que cela pour me prendre, mais je regardai à nouveau l'éclat de miroir dans lequel j'avais vu celle qui devait me conduire je ne sais où et je ne vis rien.

Cela ne voulait pas dire que j'étais rassuré.

Vous allez sûrement me prendre pour un fou. Pourquoi s'en faire pour une grenouille? Je vous assure que j'ai senti que cette grenouille était là pour moi et que sa présence au moment même où j'étais censé mourir n'était pas le fruit du hasard.

Je n'avais aucune raison de demeurer où j'étais. Après tout, elle était peut-être encore là, attendant une autre occasion pour m'attraper. Un coup de feu, c'est bien beau, mais on avait raté la cible, peu importe qui était visé. J'ose espérer qu'il s'agissait d'une balle perdue, je ne connaissais personne qui m'en aurait voulu à ce point, mais je ne pouvais en être certain.

Je sortis de la salle de bain et allai chercher ma valise dans la chambre. Je tentai de rassembler l'essentiel. Il m'aurait été impossible de penser à tout avec cette nervosité qui m'habitait. Dans mon affolement, j'accrochai alors des assiettes qui se trouvaient sur la table de cuisine et celles-ci vinrent se briser sur la céramique du plancher.

Je fis également tomber une bibliothèque au salon croyant que j'étais encore poursuivi par ma mort. La chute de cet énorme meuble abîma le plancher de bois.

Encore un bruit! J'arrachai les rideaux de la grande fenêtre afin de me servir de la tringle comme arme.

Le retrait des rideaux permit aux rayons du soleil de pénétrer dans la pièce. Le soleil de cette chaude matinée me donna l'énergie nécessaire pour finaliser mes bagages et quitter cet appartement qui m'avait abrité pendant quelques mois. J'avais oublié bien des choses dont mon grille-pain et sa broche abîmée que j'utilisais pour tatouer.

Il me fallait cette broche. La peur et la patience, dans une proportion qui m'est encore inconnue à ce jour, m'aidèrent à attendre quelques semaines avant de retourner à l'appartement.

Pendant ce temps, je me construisis un nouveau chez-moi dans un des recoins du boisé du parc dans lequel j'avais trouvé refuge. J'optai pour la simplicité, celle-ci n'était pas volontaire, je n'avais pas vraiment le choix.

Je réussis malgré tout à me construire une petite cabane que personne ne pouvait voir. Elle n'était pas invisible, mais elle était si bien camouflée que moi-même, dans les premiers jours, j'avais du mal à la repérer lorsque je revenais de la pêche. Eh oui, la rivière que vous avez devant les yeux regorge de poissons et je peux vous dire qu'ils sont délicieux. Je devais me débrouiller du mieux que je pouvais.

Il était plutôt rare que je sortais de ma tanière. Je devais être recherché par la police, mais des fois, je n'avais pas le choix. Je me déguisais et incognito j'allais faire les emplettes nécessaires. Une fausse moustache, des lunettes fumées, un nez de clown et voilà, je pouvais faire mon épicerie en paix.

Un jour, la police vint bien près de m'attraper,

mais mon hyperhidrose me sauva la vie. Heureusement que j'avais égaré ma seringue. Un officier de police découvrit qui j'étais lorsqu'il me croisa et m'agrippa alors fermement afin que je ne puisse m'enfuir. Je fus si stressé que je suai toute l'eau de mon corps. Je me liquéfiai presque et je glissai des mains de celui qui tentait de me garder en captivité.

L'agent de police tenta de m'attraper à nouveau, mais c'était peine perdue. J'avais déjà pris la fuite dans le parc. Il faisait noir et ce parc je le connaissais mieux que quiconque. Il aurait bien pu me courir après, mais cela ne lui aurait rien donné. Je pense qu'il n'a même pas essayé. Sage décision.

Je les observai de loin, cette nuit-là, ce policier qui avait tenté de m'attraper et son acolyte. Même si j'avais quitté mon appartement il y avait quelques mois déjà, ils s'y rendirent quand même. Probablement pas dans le but de s'excuser d'avoir tenté de m'arrêter. Je n'avais rien à me reprocher, mais j'avais laissé l'appartement dans un sale état et le coup de feu en plus. On présumait que je devais avoir un revolver et que j'étais dangereux. Le vrai tireur, lui, était en cavale et personne ne l'embêterait.

Ils cognèrent à la porte. Une lumière s'alluma au troisième étage. Quelqu'un sortit sur le balcon pour voir qui cognait à sa porte en pleine nuit. Il ne semblait pas emballé de voir que c'était les policiers. De toute façon, même si quelqu'un d'autre avait cogné à la porte, une visite à quatre heures du matin n'a rien de plaisant. À moitié endormi, il leur dit quelque chose, mais je ne réussis pas à entendre. En ville, même la nuit, il y a toujours un bruit de fond. L'homme retourna à l'intérieur. Les deux policiers ne semblèrent guère apprécier ce qu'on venait de leur dire. L'un d'eux sortit son arme et tira des coups de feu dans la porte. Il y enfonça son pied et elle s'ouvrit. Ils montèrent tous les deux en vitesse.

Les choses restèrent ainsi pendant de longues minutes. Aux premières lueurs du soleil, les policiers sortirent de l'appartement, les mains vides. Ils ne m'avaient pas trouvé. Le contraire m'aurait étonné, mais je ne crois pas en l'impossible.

La voie était maintenant libre. Les policiers

savaient que je n'habitais plus là. Je pourrais récupérer mon grille-pain. Cela faisait longtemps que je n'avais pas tatoué, je ne voulais pas perdre la main.

Il y a plusieurs choses que j'ai dû faire pour reprendre mon grille-pain. Premièrement, j'ai tenté d'entrer par effraction dans mon ancien appartement. Je ne voulais aucun mal aux nouveaux occupants. J'en ai peut-être l'air, mais je ne suis pas méchant. Mes deux tentatives furent vaines. Je ne réussis jamais à entrer, mais à la deuxième tentative, on me prit sur le fait et une bagarre redoutable s'ensuivit.

Heureusement, personne ne fut blessé sérieusement et je pus m'enfuir. Je n'avais toujours pas le grille-pain par contre. Il me le fallait. J'y retournai donc, déterminé à entrer. Je changerais ma tactique. Comme le père Noël, j'entrerais par la cheminée, mais je n'eus pas à le faire. Le grille-pain était là, sur le balcon. Il m'attendait. Il y avait deux options possibles. Soit qu'il s'agissait d'un piège et que j'étais déjà dans le pétrin ou bien on se doutait que j'étais venu pour cet article ménager.

Je pris le grille-pain. Rien ne se passa. Personne ne m'assomma avec une poêle en fonte. J'allai donc à la quincaillerie du coin à la première heure pour en acheter un neuf que je remis en échange. Les bons comptes font les bons amis.

Je repartis ensuite vers le parc, content d'avoir ma broche.

Je déposai le grille-pain dans ma cabane de bois et sortis pour profiter du soleil matinal.

Soudain, j'entendis un bruit qui venait des buissons. Je m'approchai pour voir. Une grenouille bondit alors et je l'évitai à la dernière minute. Elle allait me sauter au visage. Après avoir raté son coup, elle disparut aussitôt.

C'était ma mort à nouveau, j'en étais sûr!

Je pris mes jambes à mon cou et courus et courus. La suite logique aurait été de dire sans me retourner, mais ce n'est pas vrai. Je n'arrêtais pas de me retourner. À gauche, à droite et encore à gauche. Je voulais être certain que ma mort ne me suivait pas. À force de regarder en arrière, on oublie ce qu'il y a devant.

Je sortis du parc et rendu sur la rue le longeant

à l'ouest, j'entrai dans une boutique. Je ne pus voir dans quel type de magasin j'étais entré, je n'avais d'yeux que pour ma mort.

Un vieil homme m'accueillit.

11

1001 façons de mourir

La première chose que je remarquai en entrant dans cette boutique était l'étrange fauteuil qui était tout au fond de la pièce. Le vieil homme qui me reçut aperçut mon air interrogateur.

Malgré l'inattention dont je fis preuve en pénétrant dans ce lieu, je remarquai, tout juste avant d'entrer, un poteau marqué de bandes en spirales bleues, blanches et rouges. Ce poteau, en tournant, donnait l'impression d'un tourbillon infini.

C'était ça! Le fauteuil au fond de la pièce était la chaise d'un barbier.

Je me rendis vite compte que le vieil homme n'avait pas l'intention de me couper les cheveux. Peut-être que l'enseigne à l'extérieur n'était qu'une diversion. Je m'approchai du comptoir derrière lequel l'homme se tenait. Il avait l'air sympathique, mais plutôt étrange. Peut-être plus que moi.

- Vous voulez mourir, c'est bien cela?

Je voulus lui dire que non, mais aucun son ne put sortir de ma bouche. J'étais subjugué. Je voulais tout le contraire, mais la surprise que provoqua cette question me fit perdre tous mes moyens.

- Il serait bien dommage que la mort ne vous frappe avant d'avoir pris un dernier repas.

Je ne sais pas si c'est la curiosité ou bien la peur qui me fit accepter son offre de rester à dîner. Après tout, ce vieil homme m'invitait à mourir. Il était peut-être fou, pire, dangereux. Je me réconfortais à l'idée qu'il pouvait également être un barbier en manque d'amour. Il n'avait plus de clients et le peu de gens qui entraient dans son commerce, il les invitait à manger pour briser sa solitude. C'était une époque où les hommes portaient les cheveux longs et ne se taillaient plus la barbe. Le paléolithique avait la cote! Cette mode pouvait bien briser des commerces comme le sien.

Je l'écoutai donc pendant le repas me raconter

comment il avait inventé une machine permettant à ses clients de vivre la mort des autres, rien de moins. Il devenait intéressant, le vieillard. Il m'expliqua comment le trépas l'avait rendu riche. Son histoire m'intriguait, mais le plus intéressant dans l'histoire est le repas gastronomique qu'il me servit. J'avais tellement faim.

À la fin du repas, il me mit en garde. Ma mort m'attendait peut-être au prochain coin de rue.

Je ne sais pas si c'est l'alcool et le tabac que j'avais consommés en grande quantité durant notre rencontre, mais ses paroles eurent un effet plutôt amer.

Je pris le canard que le vieil homme m'avait dit de ramasser et quittai cette boutique. Au moment où ma main se posa sur la poignée de la porte, je me retournai pour lui dire adieu. Il leva poliment son chapeau et me salua. Avant qu'il ne redépose son chapeau sur sa tête, je pus distinguer, planquée sur sa chevelure blanche, une grenouille. Elle me fixait avec ce regard qu'une grenouille normale n'a pas.

C'en était trop. Je m'enfuis convaincu que je devais trouver un moyen d'échapper à ma mort.

En quittant la boutique du vieil homme, j'étais apeuré. Je voulais tout faire pour éviter la mort, et lui, il venait de me proposer de mourir. Je déambulais sur la rue en regardant à chaque instant derrière moi. Je voulais m'assurer que ma mort ne me suivait pas. La manie que j'avais de ne pas regarder où j'allais m'empêcha d'éviter certains piétons sur le trottoir. Ceux-ci s'excusèrent, la plupart du temps, en relevant la tête de leur appareil électronique, pensant être les coupables dans cette collision.

Je m'enfuis comme cela jusque dans ma cabane dans le parc. J'en sortis à quelques occasions pour me procurer le nécessaire pour survivre ainsi que le matériel que j'utiliserais pour fabriquer la machine que j'ai avec moi aujourd'hui et qui ne me quitte jamais. Cela me prit de nombreuses années, mais ma mort n'avait plus aucune chance de m'attraper.

Avec cette machine, je pouvais maintenant regarder tout autour de moi, partout à la fois.

Ma mort ne pouvait plus me surprendre.

Dernier chapitre

Lorsqu'il eut terminé son histoire, je pouvais voir, dans le regard de cet homme, toute la nostalgie qu'il avait à se remémorer ses souvenirs.

Son regard fixait la rivière tandis que de ses yeux humides coulaient des larmes sur ses joues.

Je l'avais reconnu. C'était Franky Bond. Cette personne qu'on croise, à un moment donné dans notre vie, et que plus jamais on ne pensait revoir. C'était bien lui!

Il lança aux canards le dernier morceau de pain qu'il avait dans sa main et se leva doucement. Il pointa un grand arbre situé à quelques mètres d'où nous étions.

- Mon fameux recueil de poésie est encore enterré au pied de cet arbre, me dit-il. J'espère que quelqu'un aura le courage de creuser. Je vous fais maintenant mes adieux, cher ami.

Il me serra la main en me regardant droit dans les yeux. J'avais vraiment l'impression que lui aussi m'avait reconnu. J'avais beau avoir fané, j'avais encore la même paire de yeux, le même regard. Et pourquoi avait-il dit, encore enterré. Se souvenait-il m'avoir déjà dévoilé l'endroit où se cachait son recueil?

Je ne saurai jamais. Il y a des choses dans la vie qui demeurent en suspens et c'est ainsi. La boucle était bouclée entre lui et moi. Il n'y avait plus une ligne à ajouter à cette rencontre théâtrale et nous le savions tous les deux.

Après m'avoir lâché la main, il se retourna et emprunta un sentier qui menait au boisé.

À mon tour, je me levai. Lentement. Les canards avaient englouti tout le pain que j'avais.

J'étais curieux à propos du fameux recueil de poésie de Franky Bond. Je ne perdais rien à creuser.

Je sortis de la poche de mon pantalon mon kit de jardinage portatif. Un des attributs de cet outillage était une minuscule pelle. Je me disais que cela ferait l'affaire. Je creuserais environ six pouces de profond et après j'abandonnerais si je n'avais rien trouvé.

Il faisait chaud, je dus retrousser les manches de ma chemise. Un vieillard qui creuse se fatigue vite. J'étais sur le point d'abandonner, mais à six pouces exactement, ma pelle se buta à quelque chose de dur. J'enlevai toute la terre qui recouvrait cet objet dur et le pris dans mes mains.

Il s'agissait d'un petit coffre que j'ouvris facilement. Pas besoin de clé.

À l'intérieur de ce coffre, il y avait un livre enveloppé dans un sac. Il disait vrai après tout. Je pensais qu'il me faisait marcher.

Je déballai le livre pour me rendre compte qu'il n'y avait absolument rien d'écrit. Ce bouquin était composé de pages transparentes. Sa couverture l'était aussi. Je pris le livre et le regardai sous tous ses angles, face au soleil. C'est là que je pus sentir la poésie.

La lumière du soleil pénétra à travers et par une magie quelconque, je fus complètement hypnotisé par le livre. Encore aujourd'hui, je ne comprends pas ce qui est arrivé ce jour-là, mais ce livre communiquait avec moi sans aucun mot. C'était bien au-delà! La poésie parfaite sans obstacles, sans mots.

J'en parle et je me rends bien compte que j'ai l'air d'un illuminé.

Franky Bond avait tout simplement réalisé le meilleur livre qui soit et je n'ai aucune idée du comment il a pu y arriver. Je le dévorai ce livre et durant sa « lecture », je fus envahi par un sentiment de joie. Une émotion si forte. Comme lorsqu'on écoute une musique sublime ou bien lorsqu'on regarde un paysage magnifique.

Lorsque je fermai le livre, je revins à moi. L'extase quasi mystique disparut, mais je pus conserver toute la joie que ce livre m'apporta.

Je regardai autour de moi. Le décor qui m'entourait semblait beaucoup plus coloré qu'auparavant. La rivière, les cyclistes et les marcheurs. Mes canards aussi. Absolument tout!

Je regardai dans la direction de Franky Bond. Celui-ci était déjà loin. Je remarquai quelque chose qui bondissait derrière lui. Je sortis mes jumelles de la poche de ma veste. Il s'agissait d'une grenouille.

Franky Bond s'arrêta. Il semblait immobile, mais en observant bien, on pouvait voir que sa tête regardait à gauche, à droite, encore à gauche et ainsi de suite.

La grenouille disparut dans les buissons à la vitesse de l'éclair. Franky Bond reprit sa marche et s'enfonça dans le boisé. Allait-il dans sa cabane? Lui seul le sait.

Je remis le livre dans le sac et le sac dans le coffre. Je déposai ce dernier à l'endroit où je l'avais trouvé et pris soin de bien le recouvrir de terre. Étais-je le seul à avoir lu ce livre ou n'étais-je qu'un parmi tant d'autres? Je n'en ai pas la moindre idée, mais peu importe le livre rare ou le livre populaire, l'important, c'est qu'il soit bon.

Je contemplai une dernière fois la rivière. Mon regard se posa ensuite sur la cabane de mon enfance. Un enfant s'y amusait. Il devait avoir le même âge que moi à l'époque. Je me voyais à travers lui.

Je me levai tranquillement et pris le chemin inverse de Franky Bond.

Plus jamais je ne remis les pieds au parc des cabanes. Une boucle était bouclée.

Je retournai à la maison rejoindre ma douce, mes enfants et mes petits-enfants. Ces derniers attendaient impatiemment mon retour. Ils voulaient tous que je leur fabrique une cabane avec des couvertures, des coussins et tous les autres objets qu'ils jugeaient utiles à la fabrication de leur abri temporaire.

Pourquoi pas?

9 782981 502735